BO WANG ZHI

博望志

另一块砖

主编 小肥人

广西师范大学出版社
GUANGXI NORMAL UNIVERSITY PRESS
·桂林·

图书在版编目（CIP）数据

博望志：另一块砖 / 小肥人主编．—桂林：广西师范大学出版社，2017.4
ISBN 978-7-5495-9531-0

Ⅰ．①博… Ⅱ．①小… Ⅲ．①传记文学—作品集—中国—当代 Ⅳ．①I25

中国版本图书馆 CIP 数据核字（2017）第 029977 号

广西师范大学出版社出版发行
（广西桂林市中华路 22 号　邮政编码：541001
网址：http://www.bbtpress.com）
出版人：张艺兵
全国新华书店经销
广西民族印刷包装集团有限公司印刷
（南宁市高新区高新三路 1 号　邮政编码：530007）
开本：787 mm × 1 092 mm　1/32
印张：9.5　　字数：179 千字
2017 年 4 月第 1 版　　2017 年 4 月第 1 次印刷
印数：0 001~8 000 册　　定价：36.00 元

卷首语

文：李翔

有些事没人做，就太可惜了。

董力瀚突然说要到办公室来找我。

我们上次见面，也是第一次见面，在一个月前。他起了个奇怪的微信名字“小肥人”，喜欢穿黑色衣服，背一个双肩包，行色匆匆，说起话来诚恳但忧心忡忡，言辞格外地谦逊客气。这是我对他的全部印象。

在过去一个月里，他和他的三个同事都来见过我，想要了解我正在做的这个小小的事情，特别认真地问了又问。后来，写了篇文章，发在他们创办的微信公众号《博望志》上。朋友们看完都夸好，“像你，纠结，想得太多，说起话来语无伦次”。

我喜欢认真的人。于是说，来呗，反正我们至少要工作到晚上八点。

六点多接了个电话，出来看到他等在我办公室门外，拿着张老李（Lou Reed）的黑胶唱片，客气地说要送给我。然后他说，《博望志》要出一本Mook书，想让我写几句话。

在会议室坐下后，他聊起自己做媒体的经历。先是在一份报纸做上市公司报道，后来厌倦了总关心A股市场上的各种玩家、资本大鳄和买来买去，就离开报纸加入了一家网站。网站内容，是越来越火的创业和投资。再后来，他拿了一笔天使投资，走上了内容创业这条看着光鲜、实则满是大坑的小路。

他开始讲自己的困惑，坦诚得让人吃惊。

比如，如何放大优质内容的价值。换一种表达就是：为什么这文章我们写得这么认真，却只有几千个点击？你看那谁，坐在家里吐吐槽，写写鸡汤，就是“10万+”。

比如，如何保证文章高质量。换一种表达就是：采访了那么久，写也写了很久，为什么出来的稿子就是不满意，普利策特稿没看过吗？

再比如，如何做好时间管理。换一种表达就是：同志们能不能不要老是拖稿啊？不知道我还要编辑发稿吗？

他的困惑跟苦恼，我都不陌生，跟我在做杂志时的苦恼简直一模一样。而且，直到今天，有些问题还在我脑子里反复盘旋。毕竟，谁不愿意做好东西出来啊？

这些大大小小的问题，都可以归结为一句话：在这个时代怎么做内容？

我选了一条危险的小径，上来就做内容付费。目前为止做出了一个基本款产品：《李翔商业内参》。

为什么一定要这么做？没人付费阅读多尴尬？其实当时属于

心一横，干脆做一个实验，看一看是否有可能走出一条不同于广告、软文、黑稿、活动、培训的窄路。这个小小的实验，如果还算顺利，那么接下来，再看一看，是否有可能扩大，持续产出更多有价值的内容。

董力瀚选择了另一条路。他要通过微信公众号做长篇的、好看的人物报道，也就是这本杂志书里收录的这些。它们长得跟以前在杂志里看到的那些长报道，区别并不大，只是发在微信公众号里。

我经常会想，如果放到一个更长远的时间段来看，比如十年，这种做好内容的单纯的努力有没有价值？

每一次的答案都是，当然有。如果有人能够坚持五年乃至十年，事情的价值自然会慢慢释放出来。只是现在，处在一个内容制造、传播和消费等环节全都在变化和崩裂的年代里，我们暂时没有办法理解这些价值该如何变现而已。

再退一步，生活在这么有趣的一个年代里，每天见到各种不同的角色登上时代舞台，表演自己的喜怒哀乐、谋略和情怀、高涨的雄心、失落的梦想，如果没有人在一边冷眼看着，再把他们写下来，岂不是浪费这个时代？

好在，还有人做，包括《博望志》，也包括其他很多人。这些文章，让我们在刷朋友圈时，偶尔还有眼前一亮的感觉。

不然，有些事没人做，那就太可惜了。

人的生物链

文：姚谦

前两天写着关于旅行的专栏稿，回忆起几年前第一次去非洲博茨瓦纳（Botswana）的感想，当时给我最震撼的一件事是生物间的食物链，这可重重地颠覆了我在书本上所知道的食物链的概念，尽管书本上给予的知识是对的。然而思考着在食物链的关系里，谁变成谁的蛋白质来源时，这个跟过往凶猛与弱小的判断关系，有了更深刻甚至不一样的理解与体会。

不好意思，我好像把主题说得挺远的。我的意思是说：在食物链的末端的物种，有着强盛的繁殖力量。我见过狮子捕猎鹿的过程，当狂奔的鹿群感受到狮子已经捕获一头鹿时，其余的鹿就停下了奔跑的脚步，在远处观看着狮子们饱食同类，这真的给了我很大的启示！所谓的生物性除了天生以外，和环境的启发是有多么大的关系！我们多么需要理解的是同类物种啊。

我提起这些事是因为我想起了自己的生活，当我忽然发现自己的生活隐约地改变过程，每隔一段时间总是惊讶着自己已经有一些没察觉到的习惯变化，细细分析这些改变的原因，除了跟自己的生物性造成的习惯有关，后天大环境的变化也是很大的促成，生物性与大环境彼此消长而形成了新的状态。

我最警惕的变化观察是阅读习惯，因为我发现这些年来零碎的短阅读，已经占领我整个阅读的绝大部分了，而这都拜电子媒体的兴起所赐，特别是手机。在我零碎的阅读里，微信的公众号更是每天要花上一些时间的。而在这样的平台上，看似提供的包罗万象的信息，真的可阅读的养分却是不多，更多的都是时事的造句文章，然而再过滤和筛选还需花费我不少时间，慢慢地学会先删除掉充满雄性标签式的slogan文章，就可以滤掉八成无益文字了。这是网络生态养成的手段与姿态，就像自拍神器一样，人人会使，成了一种欲盖弥彰式的判断标准，其实不用此招才可能是真材实料。如此一来，真的值得深刻阅读，读而有所获的文章还是几天才能遇一篇。而《博望志》算是我在电子媒体的阅读里，较能引起我思考的，深刻地描写在这个如同人的生物链的数字年代，是需要的，却是最少的。

一直到真实地接触《博望志》，受了采访，才明白不要小看这么一个微信公众号的工作量，那天他们花了近5个小时做了采访，总结出的一篇文章是经过再三地听写筛选整理，近10天才完成。我好奇地问采访者最终要写到多少字，她说7000字。当然近5个小时光是听写可能是7000的好几倍吧，难怪文字可以有着这么高的质量来吸引我阅读。

我想，了解人的难度比任何事物都难，如何把一个人每个阶段的状态与思想做一个清晰的切面和呈现，那真的是一门功夫啊。而我一直以来对人的好奇，只有透过对同一个时代不同产业、不同身份人的理解，才可能看清楚这个时代人的轮廓，《博望志》恰好可以满足我。在这个数位洪流的大时代里，人就像森林里的一头生物，你不知道你将会在食物链中的哪个位置，只能透过观察增加自己存在的觉悟。说来牵强但真是如此，人活着不单单只图活着，生存也并不单纯只是活着，更多的时候是你自己透过阅读来慢慢了解自己，这也是阅读可以给自己最好的回报。

目录

视角

博望谱

他说

旁观者

手记

博望相

黄渊普的名声

文 / 小肥人
采访 / 小肥人

在亿欧网联合创始人张佳伟看来，黄渊普内心无疑更加倾向于当好亿欧网的主编，可陷入亿欧这家公司经营者的角色中后，他显然无暇，也没有资格脱身。

脸谱

宋宣先是惊得张大了嘴，而后哑然，台下开始有人互递眼色，窃窃私语，那位亿欧网的记者显然令在场的“媒体老师们”不太自在。

2015年，某互联网企业发布会上，公关人员贴心地安排了问答环节，多家媒体记者陆续发问，最后是一位小伙子——黄渊普的同事要来麦克风，缓缓起身，“都说完了，我来问一个‘干一点’的问题……”

全场哗然。

宋宣是餐饮媒体“掌柜攻略”的创始人，过去几年中，与黄渊普交往颇深，在他看来，那位年轻记者于人群中展现的气场，是典型的“亿欧范儿”，敢表达，热爱人群，并不吝于成为一些场合的焦点。

在接受《博望志》采访时，半躺在懒人沙发里，黄渊普给自己下了个“韧性有余，柔性不足”的结论。这位在管理上相当富有感染力的新媒体创始人，显然将其“身段僵硬”的毛病在公司内整个地宣贯了下去。

2015年年末，一家小有名气的婚庆O2O公司找到亿欧网，寻求推广合作，谈判之前，黄渊普先拍出“不许贬低对手；不可虚报数字；不提供负面保护”等数个条件，对方拂袖而去。

直到眼见该企业将订单转投竞争对手，黄渊普才惊觉要反思自己“甲方般”强势的商业姿态。于是他跑去翻另一家媒体朋友的商业合同，当发现对方签出“15分钟内为客户删稿”这种条款时，又当场跟人家拍桌子：“×哥，你还有没有底线啊？”

2014年上半年，聚美优品上市前夕，陈欧与刘惠璞曾宴请包括他在内的几位分析师，开出每年数十万元的条件，希望聘请其为“顾问”，其时刚成立亿欧网、囊中羞涩的黄渊普，竟一口回绝。

甚至阿里巴巴战略投资部带着那份不菲报价找上门时，也被他打发了，并在后续与高榕资本等VC入股的投资协议中约定，未经大股东同意，不得将亿欧网的股份转让给包括几个巨头在内的15家企业，避免“被站队”。

黄渊普本人皮肤偏黑，屡次在商务谈判中展现的性格，似乎也暗合中国传统戏曲中“黑脸”所代表的刚烈、正直甚至鲁莽的那一面。但刚过而立之年的他，远未成为一个脸谱式的人物，当代青年人热衷的名位与利禄，在其身上折射出两极式的分裂感。

“渊普对影响力这件事，非常有追求。”宋宣说。

名声

若你接触过黄渊普本人，会很轻易地从各种渠道得知其衣着品位不佳、皮肤黑、不爱洗脸等信息。“自黑”作为排解现代人焦虑的主流工具，被黄渊普在社交网络中使用得颇为纯熟。这个31岁的湖南人，自认为有南方人典型的内心敏感，通过调侃的方式，可使他与自我实现和平相处。

他将其定义为生活智慧，甚至在聚美优品的那次饭局上，还曾苦心规劝陈欧在自我营销上收敛一些。

可这种心态却并未一劳永逸地助其解决与他人相处的问题。

与很多活跃的创业者类似，他的朋友圈刷新很频繁，以论坛现场照片与亿欧网新闻链接居多，穿插其中的文字，则可概括为两类：点评他人，审视自己。

这种携有强烈的自我意识的日常表达，当然不会引起旁观者太多认同感。曾不止一位同行表达过对其作为媒体人却热衷于“出风头”的疑虑，认为黄渊普过多地手持麦克风出现在各类演讲场合。

其实，一个无可辩驳的事实是，从2014年年初上线至今，亿欧网从未在品牌营销上直接花过一分钱，作为创始人，黄渊普仅凭单枪匹马就出色地完成了企业PR任务。

但当被问及此，他却拒绝归因于企业战略，伸手指了一下地上的电脑，说：“我最近在重看林军的《沸腾十五年》，下次写到二十年、三十年的话，里面必须有我。”

“人一辈子，死了书上都没写你，不就白活了吗？”黄渊普不认为这种思维方式受谁影响，他从来就是这么看问题，名字叫“渊普”，但必须成为特殊的一个。持续数小时的采访中，“知名度”和“出名”是被提及次数最多的字眼。

从研究生毕业前进入艾瑞的实习期开始，黄渊普就在用放弃既得利益的方式，为争取名声铺平道路，接受那份仅有4500元薪水的offer，意味着他将有机会以分析师的名义出现在各家媒体的报道中。

在转正答辩时，他指着投在墙上的PPT中的照片，对艾瑞研究院院长曹军波说："我希望成为他们那样的人。"

"他们"特指当时在微博上已小有名气的钱皓、鲁振旺等分析师，初出茅庐的黄渊普，单纯地渴望拥有像这些人一样的话语权和影响力。

拿到艾瑞分析师名片的第一天，黄渊普便上微博提交了加V申请，并在每个周末密集地参加行业会议，当艾瑞公司终于意识到为旗下其他分析师统一进行微博实名认证时，已是大半年之后了。

一个鲜为人知的细节是，在黄渊普离开品途，创办亿欧网之前，美团副总裁王慧文曾把他请去主管外卖产品研究，并开出不菲的薪资与期权。大平台，高回报，热门领域，几乎对有研究咨询的从业者来说都是绝佳的职业选择，但唯独不适用于黄渊普。

内部研究的工作性质让黄渊普的曝光度受限，当发现美团并不支持自己登台演讲时，他坚决离开。

王慧文当时对黄渊普的评价是："上了一个小山头，舍不得下来。"

黄渊普自己不置可否，他自称"表演型人格"和"荣誉感驱动"，演讲时从来只会担心台下人少，绝不嫌多。可酒桌等场合他却从来不适应，永远是低头夹菜的那一个。

交换

很多媒体人对黄渊普的做派抱有看法，这其实不难理解。在一位同行看来，分析师出身的黄渊普尽管个人品牌突出，却从来没有“进入主流媒体圈”；影响力快速成长的亿欧网，更适合定义为“迎合时代的前提下，以乱拳打死老师傅的姿态，横空出世的信息聚合产品”。

必须承认，黄渊普作为创始人，在亿欧网项目中表现得十分出色。如今翻阅其网站与微信文章，可以清晰地感受到黄渊普浓重的研究咨询风格带给新闻与资讯的影响，为了博取流量，也时常会在文章标题中出现“惊”“重磅”“深挖”之类的前缀。

这正是其被诟病之处。传统媒体将客观性作为新闻追求的信条，它同时代表着新闻工作的专业规范和理念，亿欧网恰恰背驰于道：从一开始，所有年轻记者均以“专家作者”与“专栏作者”的身份出现，一些分析逻辑上并未做到足够严谨，文字有时略显稚嫩。

“他本人也经常会给人有过度指点江山的感觉。”一位同行说他缺乏传统意义上的媒体情怀。

但对黄渊普来说，天然跟“情怀”保持着安全距离，他认为这种感性思维方式注定是商业中的缺陷，“许晓辉演讲能把自己感动哭了，可有什么用呢？陈年、王微也一样，都有缺陷”。

当然更重要的理由，是在于话语权。在黄渊普看来，分析师的分量比记者来得更重，理由很简单，“分析师的视角天然站得更高，记者更多时候只是引用分析师的观点”。

他的职业选择基于此，创业选择同样基于此。从现实结果看，亿欧网凭借观点的垂直输出，拼出了比多数新媒体更大的生存和想象空间，由于定位于接近“互联网+”概念的O2O，这家2016年年初刚满两周年的垂直媒体，在传统中小企业主中，拥有任何一家竞争对手都难以企及的影响力和用户黏性。

黄渊普对上述问题并非无意识，这只是一个选择，一个以内容妥协交换生存条件的选择。在亿欧网联合创始人张佳伟看来，黄渊普内心无疑更加倾向于当好亿欧网的主编，可陷入经营者的角色中后，他显然无暇，也没有资格脱身。

交换得来的商业价值显现时，团队热情也被快速激发。亿欧网创新性地将记者个人微信二维码留在微信和网站的每篇评论文章的末尾，抛开内容厚度，他们采用了一种以文章定位取胜的打法，大量细分行业向互联网转型的文章，将中小企业主和亿欧网采编团队之间的距离无限拉近。

这筑就了核心竞争力，在执行力极强的团队运营下，亿欧网几乎将用户精准指向传统企业主的沙龙会议实现了标准化。黄渊普以最近升职的90后副总裁李双为例，指出单凭其一人的号召力，即可办起一场收费的餐饮论坛，“因为那些餐饮老板全在她朋友圈里”。

亿欧网的峰会一律为售票活动，销售渠道则正是采编团队中每个记者的朋友圈。

此前一轮融资过程中，有VC对亿欧网影响力流露出不太信服的态度，黄渊普将其请到峰会现场。下午6点，几近散会之时，场内仍然聚集着小一千人的听众，他当即反问此人，行业里有第二家可以做到吗？

逆袭

2016年年初的一个周六下午，《博望志》约下黄渊普次日的拍照时间，由于尚未十分熟稔，记者仅嘱咐了句“挑件衣服”，他听罢嘿嘿一乐：“我保证记得洗头就是了。”

其实如今他展现给外界的个人品牌，并非来自企业公众形象的需要。有人认为，与日常展现的随性相反，他似乎在颇为认真地以草根形象来塑造并维系着低姿态。

初次采访约在年后开工头一天，公司里几十把转椅悉数空着，适逢亿欧网上线两周年前后，他特意为员工延长了休假时间。深色线衫，裤脚皱起，那身衣服显然已穿了有段时日，不出意料地又没洗脸洗头——当然，这次理由充分，妻子临近分娩，他一大早爬起来，跑医院排队来着。

与黄渊普对谈你会发现，此人根本是典型内向性格，初次会面甚至会避免与对方直视，眼神游移。在相识已久的宋宣看来，黄渊普有时会显得“心思有点重”，黄渊普则将那种直爽又钝感的脾气简单地归结为北方人性格，“我一直在学（北方人的性格），因为太敏感做不了大事”。

这种表述与他的联合创始人张佳伟不谋而合，在张佳伟看来，合作两年多后，他对黄渊普的评价就是个“干大事的人”。

换言之，这种三十来岁还跟自己性格弱点较劲的人，不是牛人就是疯子。

他在各种场合不断强调亿欧网将不再招聘“90前”员工，年轻人薪资标准较低，黄渊普采取的成本控制态度也堪称“矫情”。高榕资本领投的A轮到账时，100多万元天使轮资金还完完整整趴在账上，如今A+轮即将Close，上一轮的钱还是“一分没动”。

“有钱不花，融资干吗？”后续采访中，有同行对此颇为不解。黄渊普的解读是，公司必须日常备出15个月以上的运营费用，决计不能把生死放在别人手里，尤其是从不雪中送炭的VC们。

或许多少与他职业生涯初期短暂的高朋网经历有关，在那个毁灭的故事中，他眼见它起高楼，眼见它宴宾客，眼见它楼塌了。

悭吝放在他身上，很容易被定义为屌丝心态，一位在工作上与他有过数次接触的女记者，便曾给出一个令旁人听来都冷汗直流的论调——黄渊普至今都很享受自己屌丝逆袭的快感。

某种意义上这句话一定会击中黄渊普的某一部分，但此人身上的故事，又何止一个简单粗暴的“逆袭”可囊括？黄渊普在这个问题上接招时，笑得略尴尬又有些无奈，但自我认知还是很清晰："我在腾讯和联合国都实习过，写几篇《如何从腾讯实习生变成身价几千万》《放弃世界舞台的黄渊普》不显得更励志？"

可能那么干吗？不能够。

宿命论

在做分析师时，黄渊普曾初尝话语权在手的滋味。

当时艾瑞内部组阶段性地形成一个可称"学院派"的工作环境——30多人的分析师团队，研究成果不涉及任何商业用途，单纯为做品牌。

只有一件事，多少会令人介怀：艾瑞出品的研究报告，不允许作者署名，仅在配套的官方新闻稿中体现。尽管如此，黄渊普仍有些沉迷并享受这种优越的工作环境，为了一篇O2O行业报告，艾瑞可以给6个月时间成本，这种匠人级别的待遇，当然令人梦寐以求。

可这一切，被一篇当时挂在腾讯科技频道的头条文章彻底改变了。

2013年年初，他开始在多家网媒写专栏文章，时逢中国概念股年报发布期，腾讯科技邀其撰写当当网财报评论，在"营收增速落后行业均值"连续7个季度亏损"未建立任何核心优势"几个论点佐证下，文章结尾，得出一个当当网在"竞争中丧失主动”的结论。

在当时负责约稿事宜的腾讯科技副主编孔令舒看来，黄渊普当时在专栏写作中的表现足够优秀，言之有物。

当年3月文章发布时，恰逢这家上市公司赴香港寻求战略投资，黄渊普这篇稿件，意外地成为资方议价资本，面对并未标明作者身份的文章，当当网此次选择了隐忍。

不久，在另一次会议上，有投资机构提及电商格局的话题，黄渊普再度抛出“TOP3已定，当当或跌出前五”的观点。无巧不成书，当当网投资者关系总监正在现场，按照黄渊普的说法，此人当时的反应是，“找到（黄渊普）这人了”。

当当网创始人李国庆当晚即发飙，致电艾瑞创始人杨伟庆投诉，撂下狠话：“如果不删除文章，就终止双方所有合作。”为此事，杨伟庆紧急召集艾瑞高层6人开会，分析过程中，一位易观国际出身的副总裁力挺黄渊普，认为其立场中立，行为无过失。

在这件事上，艾瑞最终给了黄渊普一个“公道”，代价是丢了每年100多万的订单。

令黄渊普始料未及的是，此事引起的内部反弹，远大于来自当当网的压力。“几位老大没KPI，但各业务口负责人全急了，都是一句话，‘Kevin（黄渊普英文名），你不够意思’。”他回忆，当当网终止合作后，最高峰时，艾瑞内部七八个部门负责人集体上门声讨。

媒体报道背后，本来就净是说不清的话语权与利益博弈，点了火药桶的黄渊普，此时更加百口莫辩："说话刺耳的也有，要能证明收了黑钱我也认，可文章很客观啊，从2012年到现在，当当网股价都跌成什么样子了，难道是让我给说死的？"

最终，他还是在些许口舌声中离开艾瑞，被误解这件事让他"有点膈应"，但杨伟庆们在公司立场上所给出的态度，也让黄渊普觉得，够意思了。

这很像是科学宿命论的现实演绎，从近年一些科学的大脑实验结果来看，在人真正意识到各种决策之前，思想可能已做出决定。对黄渊普来说，与当当网的龃龉看似偶然，实则是其自由意志选择的结果。可是，作为一个对名望抱有极大追求热忱的分析师，他真的会有更多选择吗？

另一种打开方式

创业后阶段性的成绩，对黄渊普十分重要，一定程度上能够令他摆脱个人情感的影响因素，得以更高的视角和姿态去回首过去并审视当下。

在亿欧网筹备之初，黄渊普曾尝试拉拢当时在搜狐IT频道担任记者的宋宣入局，但后者最终选择了另一家O2O媒体品途网。宋宣回忆，对于自己当初的决定，"渊普是愤怒的"，甚至曾发出"你知道亿欧这么多秘密，却加入竞争对手"的质问。

宋宣坦言无意造成这种局面，甚至曾对当初的选择感到愧疚。回头来看，二人关系缓和的契机，或许有赖于亿欧网的快速崛起。在宋宣决定创业设立“掌柜攻略”时，黄渊普已然放下心结，可以作为过来人，帮其做战略梳理和规划。

建立在亿欧网的成长之上，黄渊普找到了关于自我的另一种打开方式，更多时间里，可以循着企业层面的思维方式行事。

在亿欧网小有名气之后，杨伟庆也曾把黄渊普请回艾瑞位于光华路SOHO的新办公室叙旧。一场典型的老员工与旧东家的寒暄中，杨伟庆不经意的一句客套话，让他很介意。

“艾瑞出去这么多人，做出成绩的还只有你了。”

为什么只有我？让黄渊普纠结的是，直到前些天，今日头条与艾瑞公开“撕逼”事发时，微信离职群里的那些老同事们，还在集体维护老东家：“在这一点上，艾瑞很成功，杨伟庆为人很不错。”

矛盾点就在于，在现实中，有人情味的企业文化，却往往会削弱人才的竞争力。

以大众点评和美团合并案为例，在错过2011年前后最好的上市时机之后，大众点评最终被“变相收购”，张涛挥泪出局。在黄渊普看来，所有大众点评员工都会念张涛的好，但合并之后，大众点评与美团离职员工，在市场上的竞争力，完全不可同日而语。

黄渊普的妻子曾在美团工作四年多，离职跳槽滴滴之后，薪水翻了三倍。在跳槽之后，她曾在家向丈夫表达过对老东家的抱怨。

但在黄渊普的眼里，这种对员工的“压榨”正是某种意义上的优秀企业文化，“如果你从大众点评出来，薪水能翻三倍？想都不用想”。

2015年年末，曾有两家知名创业媒体，先后来亿欧网集中挖人，他不以为意，自认对员工够好。事实也证明，对方两轮挖角，最终未能撬动黄渊普旗下哪怕一个记者。但次年年初，春节返工后，黄渊普为亿欧团队重新制定了更严苛的考核制度：“我特不希望公司内部老是客客气气的，大家成为一批没有前途的人。”

低薪是很多创业者保持饥饿感的方法，在接受《博望志》采访前后，黄渊普正在接受A+轮融资及后续新三板挂牌事宜的尽职调查，尴尬在于，他至今连对方要求实缴的数十万元注册资本也拿不出来。

日常对于外地活动演讲邀请的首要判断标准，也是视乎对方是否报销差旅费。只有一种情况例外：面对来自各大高校的邀请，黄渊普乐意自掏腰包赴约，对于劝阻应届大学生创业，他十分迫切。

2014年4月，他自费前往上海，给东华大学学生办讲座，休息时间偶然约见了杭州盈动资本创始人项建标，半小时聊天后，就此拿到了天使轮融资。

这件事给了黄渊普极强的心理暗示，并在进一步印证他身上的科学宿命论：但行好事，莫问前程。

成为杨晓磊的直线最短距离

文 / 小肥人
采访 / 小肥人

2016年初某天一个工作会议上，杨晓磊接到投中信息公司董事长陈颉来电，被通知提名为首席运营官（COO）。但因忙于节前冲刺，他始终没找到太多喜悦感。

2015年元月中旬的一个早晨，曹申在靠近会议室门口的内侧转椅坐定，收起笑容。此人头衔为“知名企业CEO教练”“多家上市公司幕后推手”，善于演讲“如何打造比华为更狼性的团队”等主题。

半小时前，北京东四十条桥边一座大厦七楼，投中集团联合创始人杨伟庆站在自动玻璃门入口处，面对被临时召集而来、拥簇在周围的数十位员工，口头宣布了公司CEO更换的消息，随后介绍曹申老师出场。

这个体格粗壮、头发花白的男人向前一步，眯眼，咧嘴，展现颇具亲和力的笑容，“我是来帮助大家的”。

投中集团是一家股权投资市场专业服务机构，曹申此去是主持其高管变更后的年度战略会议。投中前主编董力瀚回忆，在随后颇为令人尴尬甚至难堪的会议中，曹申一度以“小破庙”来称呼这家接受自己服务的公司，笑言自己性格爽快，“在58同城开会也这么说话”。期间他要求在场人员不记名投票，主导制定了一份员工清洗名单，并按项目梳理出13条产品线，将公司原有业务结构彻底推翻。

持续一整天的会议中，除有限几人与曹申保持互动外，多数人全程埋头，噎喑不语。

此后半年，当日与会的部门负责人及中层约有半数先后离职，但不包括时任投中副总裁的杨晓磊。

战略会后不久，投中全体员工赴昌平某温泉酒店办了一场员工年会，气氛略显寂寥。回来后，杨晓磊邀三位同级的同僚单独聚餐，酒桌上他问三位什么时候走（离职），还说，“不过先声明，我肯定最后一个”。

为什么？“因为我特别不甘心。”杨晓磊一边向《博望志》记者说，一边掂量手中捏变形的黑色汽水罐。

战略会整整一年后的2016年1月，完成年度业绩指标后，杨晓磊被陈颉提名为公司COO（首席运营官）。对于自己究竟是“被选择”还是“被剩下”的那一个，杨晓磊没想过，可终究，他站出来，顶住了，没趴下。

董力瀚在会议结束后“负气”提交辞职信，而杨晓磊主动找到陈颉进行了一次沟通。不久团队换血暂告段落，曹申再未出现在投中集团任何会议中。

可见，几无情绪化的职场表现无疑是一种核心竞争力，工作中，没有“乐不乐意”，只有“应不应该”。

不同的选择，背后是截然相反的价值观判断。本土哲学的无神论传统，辅以执政党所代表的意识形态，决定了中国人对宗教的淡漠，以及在家庭乃至家族观念上的信仰。“忙着追求”，是杨晓磊身上明确的、成长于中国当代的80后的典型标签；他们忙于生活和工作，追求职务与财务，始终在用薄弱的自我意识为信仰而奋斗。信仰之于中国人来说，正是家庭。

强烈的求变意识

一百年前清末民初时期，曾有始发于山东、热河以及北直隶一代，越过山海关城东门，以东三省为目的地的人口大迁移，即为“闯关东”。

杨家祖辈多有闯关东经历，杨晓磊姥姥的父亲早年是行脚医生，从天津塘沽到沈阳，最终辗转去到哈尔滨，甚至留下过一贴膏药配方，但最终失传，未能成为“××堂”。他爷爷家同样是闯关东的河北人，日本人入侵之时已经身在哈尔滨。

由于其外公曾经有哈尔滨猪鬃厂厂长的背景，在那个所有的“长”都被打倒的年代里，全家最终没逃过“三反”“五反”运动，被一起撵到山区牛棚。杨晓磊出生在哈尔滨市郊的一个农村，父母作为读书人，基于教育的考量，在他一岁多时举家搬迁，来到镇上。

命运以不容置喙的方式给这家人留下了逐代搬迁的背景，也带给杨晓磊颇为强烈的社会地位求变意识和韧性，直到今天，他对人生的思考也经常基于“下一代的责任”这种落脚点。30多年后，他来到为人父母的年纪时，偶然在一本名为《异类》的书里找到了自我价值观最贴切的描述。

这是一本可以定义为“成功学非常规启示录”的书籍。美国作家马尔科姆·格拉德威尔在此书中做了针对“成功人士”的另类数据统计，以加拿大国球——冰上曲棍球为例，他发现整个行业内1月份出生的球员占据压倒性优势，几乎为12月份出生球员的5.5倍。

格拉德威尔对此的解释为：加拿大冰上曲棍球的法定注册时

间为1月1日，这意味着一个男孩必须在每一年的1月2号之前满10岁才有资格进入联赛，而那些12月份出生的孩子，只能被晾在场边。

类似的案例绝不鲜见，比如“英超联赛大部分球员在9月至11月出生；比尔·盖茨和史蒂夫·乔布斯都出生在1955年；纽约多家著名律师事务所创始人大都是犹太人后裔，并且他们的祖辈大多在纽约服装行业谋生”。

奇才异类之所以神奇，除了机遇眷顾，文化传承也无比重要。以这种思维审视孩童时期，杨晓磊再次望见张斌（化名）的背影，张斌曾是他在学业和工作上始终难以企及的“别人家的孩子”范本。

张斌的父母均为当地镇政府干部，在那个年代称得上高级知识分子，也是杨晓磊眼中这位好友的核心竞争力之一：知识分子的孩子会受到优良的学前教育，基因传承也不错，“父母是读书人的小孩，和农民、工人、大老粗的孩子一比就知道，完全不一样”。

和30年前相比，如今社会阶层固化的势头，会更令杨晓磊这些正值上升期的青年人不安，天花板似乎在下沉。

社会流动性减弱的现象背后，关键在于资产所有者攫取财富的难度降低；而资产则被青年人空前重视，几乎每个人的职业梦想都是“财务自由”，当然也包括杨晓磊。

在他看来，自己的使命就是让下一代站在更高的台阶上，就像几十年前，那位同学的父母所做的那样。

初三那年，老师曾在一节大课发问，谁有信心考省重点。百余人的教室里仅有杨晓磊一人默然举手，只记得现场暗暗骚动，甚至有“傻×”低声蔓延开。他没作声，回家后将年级前二十名的同学名单贴上书桌，成绩赶超之后再逐个划去。期末，列表内大部分名字已不见，除了张斌。

初三模考，区里将数学试卷中一道10分题出错，他抖机灵，把错误标注出来没答题，可结果是答题的同学全部算对，没答的没分。最终成绩杨晓磊406分，张斌410分。“那可能是我唯一一次超越张斌的机会。”

这种戏剧性的失败让杨晓磊更加笃定出身和传承的重要性，20年后坐在东直门来福士吵闹的咖啡店，他仍然可以准确地说出当年的细节，甚至毫不讳言，几乎“花了前半生”来赶超那位同学。

杨晓磊的直线最短距离

青少年时期的杨晓磊始终徘徊在“傻”和“小聪明”的两极，完全无法持续输出正向竞争力，直至后来遇到老同学王薇，即他后来的妻子。王薇是其高中同学，为人冷静且甚有分寸，是他自我调教的最佳模板。

初入职场不久时，二人曾在安贞附近买下一套小两居，那是一栋80年代老式楼房。住了一段时间，杨晓磊嫌其格局不好，执意卖掉，可在挑选新楼盘的半年多里，北京房价一路飙涨，这令他扼腕，“至少损失150万”，但王薇自始至终没表达过任何形式的埋怨。

2014年下半年，杨晓磊摇到购车指标，其时他在公司任职副总裁，想买辆大众、迈腾之类的商务车，但在王薇的坚持下，购入一辆雷克萨斯。她坚定地看好丈夫几年内的职业发展，“买个好一点的”。

事实上，王薇几乎完成了多数女人终生无法完成的任务：找到一个丈夫，影响并改变他，并最终令他变成自己喜欢的那种人——冷静、职业、不失风度且情商极高。

两人走到一起那一年，他找到了成为“杨晓磊”的直线最短距离。其优点在于，即便在懵懂期，也能凭借不错的直觉矫正职业方向。

杨晓磊在华电读研期间，适逢埃森哲大力发展电力咨询项目，他一次面试就被老板招了进去。直到现在，杨晓磊的思维与谈吐仍有挥之不去的外企咨询机构气息，例如他在对外提及王薇时的统一口径是“太太”，而并非北方人常用的“老婆”或“媳妇”。

他言谈仍会夹杂英文，保持着一定程度精英范的表达方式，埃森哲为他提供了较高的职业起步平台，甚至给予了他基于良好职业性的优越感，但并不妨碍杨晓磊对职业的判断。

做实习生那一年，他所在团队的研究方向是资产风险管理在电力领域的应用。2012年离职前，他还在南方电网公司的会议室里，面对客户唾沫横飞，传递同一套方法论。更要命的是，5年间他在北京、唐山、西安、青海、昆明、南宁、广州、上海、深圳等地，做了同样的事情。

甲方需求千奇百怪，常见的一幕是，杨晓磊只身坐在距家千里之外的客户企业里，为了电网内部季度汇报材料深夜埋头苦干，只因为对方觉得小伙子“PPT做得漂亮”。

优秀的职业感像鸡汤一样，维系着他与这份工作，并与职业成长的直觉持续交锋。直到有一天，打开电脑收到的邮件，让他几乎拍桌子，那是国企客户发来的党建文件撰写需求。

这封邮件是一个强烈的信号，提示杨晓磊的“成长直线”已然滞留于一点。回京后他便办妥离职，结束了与埃森哲的这场漫长告别。

财报净利润为何“打括号”？

当带着大企业漂亮履历的杨晓磊像个白丁一样坐进中汇广场7楼办公室时，他对这家尚被称为ChinaVenture的私募股权市场第三方机构一无所知，这种趋近于零的认知意味着，接收到的所有信息都趋近于无穷大。

王薇当时就职于毕马威，据她回忆，杨晓磊甚至会在家里请教自己“为什么美股财报净利润有的要打括号”（注：括号代表负值）之类的问题，“特傻”。

一次，杨晓磊随投中高级分析师冯坡参加中华私募股权协会培训，课余眼见冯坡与一家机构人士聊得火热，他干杵在旁边，一句话插不上。

最初接下研究院管理工作时，他曾赴深圳拜访过一位颇有江湖地位的老牌投资人，对话之后，此人以睥睨的眼神打量了杨晓磊一番。

“他肯定认为我是傻×，这不重要，可和他的交流对我很重要。”杨晓磊抓住这个捷径，每次与业内人士交流后都仔细复盘，并以其观点和逻辑去与下一个受访者碰撞。

不了解投资，没写过研报，杨晓磊最初接下投中研究院的管理工作时，压力“大极了”。

就仿佛是一个典型的外行管理内行的俗套故事，杨晓磊认为，如果自己是研究院的分析师，心里一定不痛快，凭什么？

可对他来说，没有立场也没有精力考虑这种问题，他坚定地认为自己比分析师更懂市场和客户需求，所以必须以他为主，某些当下，拒绝沟通，避免扯皮，快速执行。

原投中副主编代松阳在此前几年间，是最常与杨晓磊在办公室打“加班消耗战”的一位。在他的概念里，对杨晓磊最早的判断是一个“油条”型人物：抓管理，不懂业务。

一次大部门团建，赴金钱豹聚餐，他在现场端着酒杯向所有人声称“跟就职同一家公司的同事绝不会是朋友，离职后才有可能”，赤裸又实在的剖白令代松阳印象深刻。

他发现，杨晓磊的高情商完全不在于察言观色、打成一片等表现，反而在于其自我意识薄弱。在心理动力论中，本我、自我与超我是由弗洛伊德提出的精神三大部分，杨晓磊这种弱化自我的做法可能偏向更高层级的思维方式，所有的行为选择，会在当下客观环境里表现得更加“正确”。

例如，杨晓磊从未亲手进行过任何业务层面的尝试，但在专业上却维持了不逊于业务人员的成长速度。

投中高级研究经理万格回忆，在杨晓磊初入公司时，所有同事都不知道此人是干吗的。她笑言，不懂业务的领导接手研究院后，一度以为研报工作将可以应付了事。

但杨晓磊在以高情商周旋于公司内外之余，专业能力成长迅速。当时，由投中前元老王东亮成立的诺承投资时常会发布一些行业深度报告，其中有些章节会拿到媒体公开发布，万格发现，每次杨晓磊都会想办法要来完整版，拿回家慢慢读。

站出来，别趴下

在王朔早年的小说里曾有这样一段描述，一个从北京跑到香港开公司混的人回京后，一天夜里乘车被警察截住盘查，听说是做生意的，警察说：“那就是个体户？”此人掏出香港“派司”一亮，从容道：“不！资本家。”

这是对90年代国人关于资本家概念认知的最精准描述：无论在商业上还是社会中，通常是“最难被搞定”的一个群体，至今亦然。

在一些离职员工看来，在投中内部，海外成长背景、投资银行出身的董事长陈颉就像是一个“资本家式”的存在，尽管其大部分精力必须放在投中资本每年百亿规模的投行业务中，但要说服此人在投中信息放权，绝不容易。

但就杨晓磊而言，则十分适应思维西化的陈颉那种直来直去的沟通方式，二人合作渐入佳境。

在妻子王薇眼里，杨晓磊自进入2015年后就像“打了鸡血”一样，吃饭和睡觉之外的时间，持续高强度工作。第一次接受采访前几日，他在出差的酒店里吐了一天，情由不知，睡一觉感觉缓过来，转身又跑去见客户。

前任总裁金建华离职后，空缺的高层职位对杨晓磊的吸引力显而易见。万格回忆，每一次见陈颉，杨晓磊都是有备而来，“每次他都会做好详细的述职准备和行业谈资”。

商场上不会有无缘无故的信任，面对陈颉，除了充分的沟通，更有说服力的东西是数字。

不论最终被定义为“被剩下”还是“被选择”，期间杨晓磊始终是站在最前边的一个。公司战略向资管转型，销售副总裁王倩颖离职，董事会将引导基金托管等新型业务提上日程，公司没人主动站出来接招，杨晓磊敢。

“开周会拍业绩（指标），我问多少合适，老板报一个数，我说打9折，认吗？大家不说话，不说话就定了，就这个数。你扛下它，干嘛！完不成怎么追责都OK。”

期间有一个插曲，一位中层不愿意向他汇报工作，杨晓磊态度开放，“你乐意找陈颉汇报，我完全没问题，但向我汇报更合理，因为项目负责人只有一个，我更能抗事”。

该同事犹豫数日，最终妥协。

杨晓磊则火力全开。

研究院招入一位名为“大白”的分析师，习惯于夜间工作，白天休息，常见他在凌晨三四点邮件请示或汇报工作，有时会抄送其他分析师同事。令万格惊讶的是，杨晓磊每次都会快速回复，并仍能第二天准时出现在公司。

杨晓磊阶段性地为自己昼以继夜的工作节奏感到充实与满足，会常在朋友圈晒出出差与工作环境的照片，这种文艺工作者般的作息规律，使得他在一个大部分人朝九晚五的企业中，成为一个全天候的存在。他坚定地相信，这家公司是他实现“财务自由”等职业目标可行性最强的途径。

强烈欲望驱使下的领导力表现定会深深刺激并驱动整个团

队，2015年上半年经历人员大幅变动的投中集团，年底竟收获了创立十年以来的最佳业绩表现。年末杨晓磊随投中资本团队赴塞班团建，觥筹交错间陈颉拍了拍他的肩膀：“干得不错。”

2016年年初某天在一个工作会议上，杨晓磊接到董事长陈颉来电，被通知提名为首席运营官（COO）。但忙于节前冲刺，他始终没找到太多喜悦感。不久，投中信息在挂牌新三板前夕召开员工年会，并邀请了不少离职员工参加，甚少饮酒的杨晓磊宴席上大醉，断片。

次日醒来，躺在酒店床上，衬衫、裤子全是酒，外套、钱包也不见了。“可能直到那晚，才对升职这事回过味儿来。”

这场宿醉，很像是他职业生涯大梦一场的缩影，醒来后，命运开始让他初尝一些可以被称为“成就感”的东西。如果说中国梦真的在现实存在，杨晓磊的人生，有可能是其中一种。

赫畅：
反抗，代价

文 / 小肥人
采访 / 小肥人

按照多数人的理解，由个人经历出发，赫畅作为老板，赋予黄太吉这个品牌最大的标签是“营销”。

“亲和力”

3月中旬一天晚上，赫畅像往常一样在朋友圈晒图，最后一张照片上，是121支燕京鲜啤空酒瓶。

一位加入黄太吉逾1000天的员工离职，20余位同僚在北京一家东北菜馆里为其饯行。气氛热烈的大合影中，赫畅咧嘴笑开，将手搭在当日主角肩头，被簇拥在圆桌正中靠墙的位置，一切都很和谐，除了头顶日光灯照射下他那略微发白的脸色。

黄太吉“三哥”张帆当晚看到了另一张照片：这位创始人坐在家中卫生间的地板上，双手扒在抽水马桶边沿，埋头呕吐。他妻子将照片发到公司群里，显然，她不希望丈夫再承受这种过激的饮酒方式所带来的生理压力。

在相识已久的张帆看来，赫畅“没以前那么能喝了”，宿醉后的头痛反应，这两年开始多起来。每当公司团餐，35岁的煎饼店老板总是下意识地让自己多喝点，“平时压力大，同事们需要发泄点，我得献身啊”。

喝酒，是作为一个东北人的赫畅，唯一不那么精于拿捏的一部分。除此之外，他总在不经意地以商业尺度丈量言行，确保身边一切事物的运转效率。

某种程度上这也是不得已的处理方式。“掌柜攻略”创始人宋宣的观点很有代表性，赫畅早已和黄太吉一道成为餐饮业的“强IP”，其话题性与影响力，总会让圈里圈外的看客们趋之若鹜。

仔皇煲创始人薛国巍记得，2012年黄太吉走红之初，他特意跑去建外SOHO西区，观摩这家天天大排长队的煎饼店。那天早晨，在店门口的桌上，他见到了就着一碗粥、啃着油条的赫畅。在对面坐下后，薛国巍开门见山地亮明身份：“一品三笑”创始人，原“老家肉饼”北京最大加盟商。

“我说我是从业12年的老餐饮人，估计对你有价值，想认识一下。”

这句开场白背后务实、高效的沟通态度令赫畅激赏。作为能一口气做8小时主题演讲的“创业圈超级演说家”，他自认有着超于常人的表达与社交能力，但是否动用这份技能，则要视乎反馈预期。

他愈发无法忍受无效社交和由此带来的困扰，每天会在微信上直接删除大量未读的对话信息。此前一位VR(虚拟现实)创业者带着项目找到赫畅，希望“请教请教”，这令他感到荒诞。

“我就一摊煎饼的，能给你什么建议？”

他得以没有包袱、高效地行事，即便被认为“冷脸、装×”也无所谓。

接受《博望志》两次采访间隔的数天中，黄太吉完成了一次十分重要的商务谈判。在那个南方城市，双方将会面时间定在晚上10点，期间经历了4次分头闭门商讨，凌晨两点打印出协议，签字盖章，互道合作愉快，扭头散场。

快意、职业的成功谈判，令他感觉痛快，更加确信此前的取舍，也使得其一体两面的性格更明显。在薛国巍看来，赫畅在公司内外有截然不同的行事风格，至今黄太吉内部仍保留着早期“当家人”的称谓体系，在相当长的时间内，使得内部文化颇为融洽。但在几乎所有对外的场合，赫畅总是习惯性地站在“亲和力”的框架之外，于他而言，距离感很重要，那里才是舒适区。

号召力

“舒适区”的重要性对他显而易见，赫畅将自己领导力的天赋，归结为选择的能力，他永不会扎进由其他人主导的圈子。留在自我掌控的范围内，意味着他是当仁不让的核心，其外在展现便是号召力，“我到哪儿都能笼络人，这是事实”。

2008年，住在通州的张帆，在一个黑龙江老乡组成的足球队里结识赫畅。起初，其做派令张帆颇为不忿：上场踢球时，有朋友在场下给他拿装备；踢完了，开上敞篷TT一脚油，“轰”的一声走人了。

“这小子哪来的？这么牛×。”

但赫畅很快颠覆了他的认识，年轻的球队不时会与对手在球场上发生冲突，他发现，在己方最常“挑事儿”的两三个队友里，有一个便是赫畅。敌对气场中的领军者，无疑很快便能成为团队核心。

当时，只有一件事令这些生活在北京通州的东北人感到困扰：怎么在这儿打完架，人们还带报警的？

于是团体内部分化出内生结构，由于爱张罗，几次下来，张帆成为在派出所里与警察交涉“铲事儿”的那一个，正在科技公司做中层的赫畅手头比较富裕，则更多给赔偿事宜兜底。

即便在充斥着荷尔蒙与尘土的混乱中，赫畅也会尝试以直觉来体现掌控力。他有一个无可辩驳的观点：出手挑事儿，便意味着你是球队中承担最大风险的人；而挑事儿的程度，往往也决定了这场架打出的激烈程度。他天然抱有平衡整场架的责任感，必须快速认清局势，“万一出来个比我手还狠的，打到什么程度就不一定了”。

创业后，黄太吉品牌快速发酵，名声给他带来多少并行的成就感与困惑，不得而知。但伴随而来的个人号召力，则更甚于莽撞的青年时期。

商泽华在赴北京成立“幸福小冒菜”之前，在沈阳拥有12家烧烤连锁店。这个在当地住着别墅、小有名气的餐饮老板关掉所有门店，赴京创业的决心，就来自与赫畅的一次谈话。

二人最早相识于新浪网邀赫畅赴沈阳举办的一次沙龙。2014年，商泽华到北京旅游时找赫畅叙旧，在星光天地一楼Costa，一杯咖啡的时间，便拍板接受赫畅的邀请。商泽华当即返回沈阳托管所有店铺，年底，他的冒菜馆就在建外SOHO西区开业。

不计后果的选择背后，商泽华的逻辑简单明了，对他来说，赫畅就是充当了一个行业意见领袖的角色，“他格局比你大，战略比你清晰，你当然愿意（与他）共事”。

麻痹感

2月初，赫畅赴澳洲处理海外开店事宜，临近中午，他在一家饭店的沙发上，收到一条同事转来的新闻链接，来自某知名创业媒体，大意为“黄太吉B轮融资失败，濒临倒闭”云云，考虑到两地时差，此时正值国内新闻早高峰。

赫畅却有些意兴阑珊。

2015年4月，黄太吉接受了来自盛景网联、分享资本等机构的B轮融资，规模为7000万元，其时募投项目仍聚焦在连锁店形态上。随后不久，黄太吉业务向外卖转型，8月，工厂店开出一批，赫畅着手做B+轮融资，在广东中山一家家族基金处募得1.1亿元，随后对外发布了B轮1.8亿元的融资新闻。

从接触家族基金，到资金到账，共计23天。到账第二天，股东方提出追加投资，于是再次补入7000万元，截至当年10月21日，黄太吉B轮融资共计2.5亿元全部到账。

手握充裕的流动资金，他对虚假报道的第一反应居然是“不想理”，直到几位股东陆续找来问询，赫畅才意识到回应与反击的必要性。当天在微信上，他与当家人“四哥”黄海强花了两个多小时沟通并布置了应对方案。

随后黄太吉官方发出声明，涉事媒体道歉；当天上午，赫畅在朋友圈骂了句脏话，转身又删了；晚上调侃自己好像“成了公关反击案例”，并附两个“偷笑”emoji表情。

可他并非从第一天就能这般轻松应对媒体。从黄太吉第一家店开业后不久，就不断收到“门可罗雀”“扒光底裤”等质疑声，及至与PingWest隔空对决时，他彻底爆发了。

最初发现对方使用F词汇做域名时，黄太吉的天使股东李明远、王峰还曾在微信上拉群，尝试给骆轶航（PingWest创始人）和赫畅调停矛盾，但二人言语不合，不欢而散。

两年多过去，他还记得当天中午坐在电脑前打公开信时的愤怒感，敲键盘时，手都在抖。初次见识到媒体人傲慢与偏见的经历，在赫畅来看，是一种比“被欺负”更难堪的体验。

他曾反思当时自己情绪化的应对方式，以个人情绪左右了品牌态度和价值观，其实是对股东不负责任。这件事情之后，他再未因任何报道而与媒体陷入缠斗，反而出现类似前述“对负面新闻影响力判断偏差”的状况。

这种在特定事物上的麻痹感，某种程度上会被理解为心理学上的创伤后逃避。关于记者抛出的这一揣测，赫畅干脆地否认，在整个采访中，他主动提及并否认了四次。在他的概念里，这是主动选择的结果。

尽管有时，选择的并不尽是捷径。

反抗，代价

按照多数人的理解，由个人经历出发，赫畅赋予黄太吉这个品牌最大的标签是“营销”。

设计专业出身，创立过广告公司，再辅以黄太吉品牌初期的成长路径，不难理解，在外界眼中，他定然是玩转公关、营销的一把好手。然而这有一个悖论，为何一个长于公关营销的创始人，无法有效改善品牌美誉度和媒体关系？

赫畅时常陷入一个令他敏感却又厌烦的舆论场中，场内每一个个体，对黄太吉的观感都秉持着非黑即白的二元论。按照好恶，可以将他们划分为两个极端对立的阵营。赫畅自认为看到了问题所在，他坚定地认为，在真实接受过黄太吉服务的顾客中，在近距离与赫畅此人产生过交集的人里，多半会给出正面评价；而通过媒体等各类介质获取黄太吉信息的人里，会更多传达负面观点。

可他对此束手无策，这同时也是他拒绝被定义为公关营销人的论据，“你问我为何不去搞定媒体关系，事实是我根本不懂”。

在黄太吉内部负责运营和采销的“三哥”张帆的眼里，赫畅的行为也很像是以公关上的“无为”来反抗舆论压力。

反抗，本身也是赫畅人生的关键词之一。初三毕业拒绝上高中，毫无美术基础坚持跑去学设计；赴丹麦留学却没拿文凭；放弃互联网金领工作去开煎饼店。为了反抗，他总在做出当下对他难度最大的选择，并且持续为此付出代价。

代价？赫畅反而觉得这是其人生最有价值的部分，一直在逆境中寻找一种可能性和解决方案。当年只图大学免学费，他便申请到丹麦留学，走下飞机时，兜里就几千块人民币，前途未卜，错过火车，在机场坐了一宿，心里好爽。

“我也不知道怎么在这生活下去，完全不知道，但我就喜欢这种感觉。”

他喜欢以一本名为《思考，快与慢》的书中理论来解读自己。作者丹尼尔·卡尼曼是一位获得过诺贝尔经济学奖的心理学家，他认为人的大脑会有快慢两种决定方式：其中，“系统1”可依赖情感、记忆和经验迅速做出判断；而“系统2”则通过调动注意力来分析和解决问题，反应相对迟缓。

在赫畅看来，自己的反抗情绪多数来自“系统1”，而舆论中对黄太吉抱有恶意的那批人，很可能也如出一辙。按照卡尼曼的说法，这套系统很容易上当，任由损失厌恶和乐观偏见之类的错觉引导人们做出错误的判断。

赫畅不希望自己在外界喜好上浪费太多精力，不喜欢在这个层面上陷入深度思考。简单粗暴地想，可能是煎饼带有“原罪”，它在社会价值体系里，实在是一个门槛过低的存在，在这种前提下，把煎饼果子当事业的人，值得尊重吗？

“气”

无论业务和品牌层面有多大争议，至少在团队稳定性上，黄太吉的表现暂时无人出其右。

从2012年开店之初，按照入职顺序，赫畅为团队引入了七个当家人。每个人都从摊煎饼、盛豆腐脑的工作干起，三年下来，成长有快慢，但组织中无一人离职。

在与其交往已久的薛国巍看来，黄太吉企业内部最早奉行的就是一套山寨文化，七个当家人中，除了作为女孩的老七被称为“九妹”，其余六人在公司内部一律以“哥”为名号。薛国巍认为，山寨文化特别适合创业企业，由于早期没有严谨的系统化管理与KPI考核，靠的就是哥们弟兄打天下，而赫畅在这方面做得非常好。

他从未在公司内部设置过任何副总裁等管理层职务，如今一个估值13亿人民币、员工近2000人的公司运转起来时，这种独特又灵活的管理体系优势开始显现。

由于没有明确头衔，七位当家人向来只以工作职能分配任务，这就为后续的调配管理释放了足够的空间。在当家人身份不变的前提下，每一位也都乐于服从。在赫畅看来，没有头衔十分关键：“如果‘副总裁’的头衔加上，你再调整一个我看看？”

春节前，公司内部曾有运营与营销两部门业务衔接不畅，这让他警觉。在将办公室搬到光华路SOHO之后，黄太吉租下了12层一间更大的办公室，但在赫畅看来，看得见的是通透的空间，看不见的全是墙。

他有较严重的颈椎问题，诊断下来的结果显示，其颈椎问题来自脚。由于扁平足，爱踢球，每次落脚都对其身体产生冲击，“落脚100多斤，地面向你返回的力是三到四倍，每跑一步，身体骨骼受到300多斤的冲击，久而久之脊椎就出问题”。

最高部位的病征来自最低部位的不协调。赫畅认为，正如围棋里的“气”非常重要，没子，但又算子，公司的企业文化不是围棋里的落子，而是建立“气”的过程。

巷战

其实回头来看，年初给黄太吉惹来无妄之灾的B轮融资确实略显复杂，几个月的时间里资金分为先后三轮注入企业账户，最后一笔7000万元的资金更是在临时决议后才进来。补充了2.5亿元流动资金的黄太吉，在外卖市场里虽难言匹敌巨头，却也做好了充分的“巷战”准备。

在商泽华看来，核心商圈里主打白领用餐的精品外卖，是赫畅抓得稳、准、狠的一个重度垂直战场。从此前黄太吉送餐队伍的装备来看，无论是车、保温箱，还是制服，都维持了高投入，效果很明显，2015年前三季度增速十分可观。

最初打出工厂店概念时，赫畅曾不厌其烦地在媒体上重申与美团、饿了么、百度外卖们的差异化竞合关系，宣称黄太吉只是旨在帮第三方品牌后端的供应链创造价值。但在传播中，“外卖航母”“精品外卖平台”等字眼还是触动了巨头们，在随后的9月份，被截断了大平台流量支持的黄太吉，订单数几乎遭腰斩。

赫畅坦言这种封杀在预期内，却还是没料到会这么早。当时甚至有传言称，百度外卖在内部会议上，正式将黄太吉列为竞争对手。在反复交涉后，百度答应重新开放流量，但条件是必须为黄太吉的产品接入己方运力。

在这个阶段，赫畅主张将“掌控所有服务环节，打造完美品牌”的思路尝试定义为创业洁癖，便答应将部分送餐交由百度外卖送餐员完成。但随之而来的，是一系列的配送延误，最终黄太吉切换回自己的运力，并与百度终止合作。利好消息则是，与饿了么的流量合作开始深入。

腹背受敌了几遭，赫畅仍然认为未来美好又不可预知，他不避讳现在的问题，无法跟已有生态里的庞大流量入口对决，战场升级，黄太吉也得摆正定位。在他看来，外卖市场还有一件事没做，就是标准化生产，也是黄太吉商业模式再进化的机会。

三年多时间里三次归零后，黄太吉仍然在当年同批崛起的创业项目中领跑，却也远未来到以成功与否来评判的时刻。

赫畅至今仍不习惯将自己长期作为一个企业管理者看待，在会议和经营间隙，还会为自己创造力枯竭而苦恼，甚至会反思，自己究竟是否需要传统意义上的成功？

赫舍里氏在100多年前的中国，是拥有最大权力的满洲人家族之一，从这里走出来的当代年轻人，何必非要接受以结果论英雄的评判？他试图厘清自己跟人生的关系："在我30多岁，这个最好的年华里，我最大的成功，就是不在意别人的眼光，做了一件我想做的事，而且能做成。"

另一块砖

文 / 小肥人
采访 / 小肥人

杨海崧的PK14被视为国内最好的独立摇滚乐队，对音乐和艺术“怀有巨大的进取心”；而童玮亮则在互联网圈连续创业后，步入中产，转型投资，成为兼具口碑与影响力的天使投资人。

杨海崧

与杨海崧的采访约在地安门路口西南角一家欧式风格咖啡馆，它以北京最古老的西什库大教堂始建年份命名。这位PK14乐

队主唱常年出入于此，店南侧的胡同口即为XP俱乐部旧址，那间兵马司唱片旗下、主打实验艺术演出的Livehouse，关张已半年。

选在这里的唯一原因，是该店自带露天小院，方便杨海崧抽烟。

跟童玮亮他们聊天时，尽量不碰价值观这种话题，杨海崧说，谈这些东西太敏感，可能聊完连朋友都没得做。

学生时代相识于南京的杨、童二人，如今同样定居在北京，至今保持着亲密的朋友关系，他们的小圈子定期聚会。当年边缘化的文艺爱好者们，如今已习惯于成人间的相处方式，颇为融洽——就连最为强硬的杨海崧，都被时间馈赠了更多包容性，以及话题技巧。

可二人也许都没料到，应允了一家创业媒体的采访后，会意外地进行一次间接对话，并不可避免地涉及有关彼此“价值观”的审视。

20多年前，因为诗歌、文学与音乐走到一起的那批年轻人，有着相近的思维方式。如今杨海崧的PK14被视为国内最好的独立摇滚乐队，对音乐和艺术“怀有巨大的进取心”；而童玮亮则在互联网圈连续创业后，步入中产，转型投资，成为兼具口碑与影响力的天使投资人。

这可能是问题所在。

作为一个思想备受推崇的音乐人，杨海崧曾如此剖析自己，“存在主义、佛教、禅宗、无政府主义混合起来就是我的人生观，而且可能无政府主义更多一些”。他对金钱、暴富、中产阶级这些事物的抵制与反应，多年来从无变化。

杨海崧的认知脱胎于黑格尔与马克思的“异化”概念，在他看来，恰恰是精英阶层分化了社会，造成人与人的不平等：你不是为了愉悦而工作，不是为了兴趣而工作，甚至不是为了生存需求而工作，只是为了得到上层许诺的名声、物质，盲目地累积社会财富，“这是人类被名利所异化的过程”。

梳理童玮亮的过往，则会发现其价值观有一个明显的修正期，早年他也曾是一个坚定的无政府主义者。在其创立的亚文化网站“暗地病孩子”上，曾有这样针对童玮亮的描写：一旦来到某个考究舒适的场所，他就会说，这是他最痛恨的中产阶级氛围。

这多少透出他青少年时期自我标榜的稚嫩，但与杨海崧最大的一点不同在于，童玮亮很早就有“沦落”为中产阶级的觉悟，当年也曾不止一次地宣称，“我和很多朋友‘最好的下场’，仍然是成为一个中产阶级”。

少年在这种程度的内心矛盾感上很容易应对失据，在杨海崧的设想里，童玮亮或许做出过全面自我逼问，“想象中，他曾有一天下定决心，说老子进入你们的体系，去挣钱”。

在杨海崧的印象中，他曾察觉到过这位好友因此表现出的阶段性焦虑，虽然并未明确地提出过“终止写作”，但当他发现童玮亮更加专注于工作之后，明白他终于做出选择，没崩溃掉。

在南京那拨朋友中，童玮亮的人生轨迹并不出奇，很多朋友进入系统与体制，成为精英和中产，反而坚持从事独立音乐的杨海崧成了特殊的一个。从立场上，似乎他更有理由对朋友们的选择进行批判，可谈及对童玮亮们的态度，杨海崧说：“我不佩服他们，也不羡慕，也不鄙视。”

“童玮亮”式的人物

豆瓣网的暗地小组里，聚集着一群“暗地病孩子”老用户，有一篇名为《杜马找到了》的帖子中，发帖人在求助，希望有人助其删除这条信息——她发现了“杜马”，并给童玮亮发来邮件，却未能得到理想中的热情回应。

20多年前，童玮亮在旧书摊上偶然淘来一本名为《今天》的杂志，系由北岛等人创刊的民间诗歌刊物海外版。其中一篇名为《投向分裂的怀抱》的短篇小说，准确描写了青年人内心的困惑，令童玮亮大受感动，并将其中最喜欢的一句“我们由于聪明而变得狡猾，由于狡猾而缺乏勇气，由于缺乏勇气而猥琐”挂在暗地病孩子网站首页。

这篇小说的作者，正是杜马，但就其真实身份，始终无人知晓。童玮亮曾写下一篇名为《寻找杜马》的诗，杨海崧则在PK14的唱片中发表了一首名为《投向分裂的怀抱》的歌曲。在当时的暗地病孩子用户里，寻找杜马也成为一次无法完成的集体行动。

十几年后，通过偶然的渠道，童玮亮和杨海崧得知了杜马的身份，这位本名李冯的作家是张艺谋的御用编剧，《英雄》《十面埋伏》等剧本均出自其手。但在这之后，童、杨二人竟从未尝试联系此人，用杨海崧的话说：“时机已经不对了。”

脱离当年的状态，失去了对话基础，他们与当年的理想主义者在事物判断上出现了明显的偏差，也使得童玮亮无法正面回应那位网友的热烈情绪。

童玮亮对当年自己状态的描述是：没时间下苦功练琴，没勇气放弃既有学业与工作。因此那篇小说对他的慰藉意义与杨海崧这种死硬派完全不同，他始终在以一个“爱好者”的角色，参与着小圈子内的各类事务。

在杨海崧的印象里，童玮亮始终在十分投入地做所有事情。当初在南京，大家都没钱，顺利完成学业的童玮亮，进入江苏省电子厅下属一家计算机企业，时常会张罗小团体聚会并买单。

在杨海崧看来，童玮亮具有与生俱来的号召力，在那个圈子里，这种号召力绝不来自经济因素。后来的许多年中，PK14乐队在国内巡演，跑遍几十个城市，杨海崧发现，很多城市的独立音乐环境之所以不理想，很大程度上就是缺了一个“童玮亮”式的人物。

2001年，PK14在北京录制了乐队第一张专辑，名为《上楼就往左拐》。这张后来奠定了乐队地位的后朋克唱片，最初遇到了发行难题，摩登天空答应为这支南京乐队发行唱片，但其总经理沈黎晖认为录音质量不佳，要求杨海崧与乐队重新录制。

杨海崧拒绝，并开始寻求独立发行。童玮亮当时通过“暗地病孩子”一位身在加拿大的网友，在当地注册了一家唱片公司，取名“Empty Egg”，并联系了实验艺术家颜峻旗下厂牌“Sub Jam（撒把芥末）”，完成了这次颇具“神秘感”的海外发行。

这张国内独立音乐史上分量十足的唱片，也成为童玮亮在艺术圈内最后一个值得夸耀的手笔。把老友扶上马送一程的同时，他也完成了转身。

审美与体验

3月的一个下午，长安街沿线，齐家园外交公寓门口，一辆改装过的兰博基尼跑车架起剪刀门，引路人侧目，就连一贯严肃的门卫士兵，也不禁多瞄了两眼。车未熄火，驾驶室内无人，年轻的车主站在传达室前，手扒窗口，气愤地向里嚷道："我在这住了两年，换辆车就不让进了？"

屋内的人不为所动。

这辆超级座驾无缘进入的园区，是童玮亮与合伙人为梧桐树资本选择的办公室所在地。第一使馆区原则性极强的物业风格，给这家投资机构中的独特样本做出了准确注解。几位合伙人的背景囊括了文艺青年、记者，甚至改革家，尽管投身最热门的TMT成长期企业投资，管理着50多亿人民币的梧桐树资本做得风生水起，但在对外宣传时，始终保持着克制的态度。

对童玮亮来说，尽管很大程度上克服了分裂感带给自己的困扰，但身在商业系统内，他不露圭角的言行做派，仍会在很多时候令身边人感到意外。

前年，他与好友徐勇合办了一个名为"天使成长营"的早期投资培训项目，徐勇对他的评价是，一个欲望很低的人。

从第一次与童玮亮商讨成长营发起事宜，这位朋友在其中的投入程度远超自己想象。但回头来看，徐勇不讳言自己通过该项目收获了一定的名声与事业平台，"他呢？你可以说他收获了友谊与尊重，但现实地讲，什么都没有”。

无欲无求的处世观，为他带来极好的圈内人缘，也不可避免地造成某些困扰。在这一点上，童玮亮将其解读为“狼性不足”，这一冲突如今在他身上依然会发生，但随着年龄和阅历增长，已经越来越少地以激烈的形式向外表达。

如果这种性格不是天生的，那么童玮亮更希望以他最引以为傲的人生经历来解读。他认为自己和那拨朋友在青年时期“看过足够多的书和电影，听过足够多的音乐”，这种主动寻求来的文化洗礼，培养出足够高的审美。

而审美，正是为人放开和收缩尺度的约束力。

作为同事，梧桐树资本合伙人刘乾坤曾有一句话，“老童的座右铭是‘生命在于静止’。”原意是调侃童玮亮不喜运动，周末与假期多选择宅在家中。但事实上，这种选择并不影响生命体验，他借此得以更多时间去阅读、观看与聆听。

比如，童玮亮对俄国作家陀思妥耶夫斯基十分推崇，其要点在于这位作家代入感极强的写作方式，令读者进入作者设定的环境和状态中。童玮亮始终认为，沉浸在文学和音乐作品中，能够实现体验不同的人生感受，“不能说我就做到了宠辱不惊，但是很多事情，确实不一定非得经历过才懂”。

一块砖

多年来，童玮亮坚持晚上11点前就寝，不沾烟酒，不买房不买车，每天挤地铁上下班，远远避开年轻时所“痛恨”的中产阶级生活方式。

当然，这在童玮亮自己看来，只会将其定义为一个选择，在按时睡觉这一点上，他会简单地将其归结为生活习惯。

杨海崧预料到了童玮亮这一放低姿态的回答，但他坚持认为，在20岁前后结交的这一拨朋友都有些泛神论，或多或少显露出了类似清教徒的做派，即反物质反享乐，包括杨海崧至今也不喜欢享乐主义的音乐。

杨海崧2009年曾经出版过一本名为《现在让我们赞美富人》的小说集，书名来自20世纪三四十年代一位美国摄影师的影集《现在让我们赞美名人》，是赤裸裸的反讽。

童玮亮那种有节制的生活方式，恰恰令他出现在任何人面前时，都不会是一个“富人”的姿态，甚至在杨海崧得知他在三元桥的住所每月需要7000元租金时，还在为他担心是否承担得起。

在清教徒的眼里，生活规律是一个向上帝奉献的重要实践手段，宗教感十足。因此在杨海崧眼中，已经深陷入商业系统内的童玮亮需要这种仪式感来自我约束和提醒。他笑言，这说明童玮亮的基础价值观从未改变，也是二人维持友谊的前提。

如今，杨海崧把在聚会上回避掉的那些话题拿来摆在《博望志》面前，某种程度上，很像是20岁时的童玮亮对今天这位43岁的天使投资人的审视。“年轻的时候你听*Another Brick in The Wall*，结果你活到四五十岁，就是成为一块砖，所以我也没办法评价，（他们）的人生价值和意义，是不是体现在这里了。”

童玮亮的回答是：“我站在商业体系内，就一定是墙上的一块砖。过去想成为体制外的那个人，但缺乏勇气，我要么就裹在这个泥浆里，要么就在外面惨烈地生存？但在这个中间，也许又没那么悲惨，也没那么污浊的方式，去做一件事情。对我来说，天使投资也许能改变一些东西，但并不是说，商业一定就是血淋淋、赤裸裸的。”

陈年：不能寒碜

文 / 丁小杆儿
采访 / 丁小杆儿

陈年用“贪婪”将凡客这艘大船险些覆灭的责任揽到自己身上。他说那时候的自己被吹上天，现在看起来都非常讨厌——肥头大耳，油头粉面，内心扭曲。

关于“不能寒碜”，是在讲到关于凡客Tee主题选择时，陈年提及的，他显然不能忍受“小团圆”这种流行IP凌驾于个人趣味之上，乃至嫁接在凡客产品中。

按理说，企业上道理相通，几年间，有为数不少的投资人与创业者带着新项目来找他，均遭回绝。但固守9年打造出的品牌，陈年不承认只是为了尊严："那是你们（媒体）同行总结的。"

陈年的第一支烟是在19岁点燃的，因为爱情。

他还在校园里，混沌的年代，思想已被启蒙，读诗和写诗是交流方式，更是追女生时的媒介。

从那时起，他就开始读穆旦。

20多年过去，他变成一个商人，在跌宕的商海里，头顶光环但又披荆斩棘，陈年开始尝试通过穆旦的诗句，和现代消费社会里的年轻人进行交流——只有上帝知道我有多爱你。

话语权

陈年抽出一根中华烟，点燃，自问自答:"我抽支烟可以吧？有点困，很久不熬夜，昨天睡得有点晚，提提神。"

4月21日,《博望志》采访当天，凡客广告再次出现在城市各处惹眼的地方。这次与大家见面的，是穆旦、马尔克斯、张爱玲三位作家的句子，和基于它们所描绘的图案。

在陈年的语境里，你走在城市街头，茫然一抬头，目光遇到这三位作者，那些诗句和图案可以反馈给你一种无法定义的情感。再反打到陈年身上，他只有三个字来回应——我喜欢。

"这也是我们从做这个T恤开始就确定的，一定要做到我们喜欢的程度！"

“雨声潺潺，像住在溪边。宁愿天天下雨，以为你是因为下雨不来。”2015年秋末，陈年在江南邂逅了一场秋雨，摇开车窗，他想：这些迷人的句子为什么不可以印到T恤上？

在进行年度产品策略分析时，他没有继续苦思冥想炮制金句，也没有继续策划“凡客体”，而是回到自己最熟悉的书里，去捡拾那些沉淀了几十年的瑰宝。

相比于马尔克斯和张爱玲的流行，穆旦更像是被遗落的明珠。陈年小心翼翼地问同事：知道这个人吗？当同事脱口而出知道的时候，他用“奇迹般”来形容，并确认“这个事情的力量突然就出来了，他不再是一些话了”。

接下来就是如何与艺术家沟通的问题，如何创造图案。

他遇到了周南。这位同样具备诗人气质的设计者，此前并未读过穆旦的诗，初次被推荐阅读时，周南曾有疑虑，“我对中国现代诗挺失望的”。陈年未反驳，只说你读读看，不失望了再来聊。

很快，周南满怀热情地坐到了凡客办公室里，倾诉对穆旦诗句的理解与热爱。在陈年看来，周南这就被“烧着了”。

同样，插画师顾湘对于马尔克斯与张爱玲的理解，也与陈年一拍即合。

就这样，通过T恤图案作为媒介与用户沟通的问题迎刃而解。他说：“我拉上穆旦和周南的结合就能够打动人。”

最初和有些设计师沟通，陈年得到的反馈是：“把张爱玲的照片再画一遍就行了，或者把“小团圆”印在T恤上，这样不是更大众嘛？”

陈年说，我不能让真正喜欢这些的人，看见以后笑话，就觉得寒碜。

他和《博望志》的记者探讨服装的话语权，认为中国人的穿衣风格屈从了一个强大的、现代化的时尚话语权。

但从某种意义上，陈年与凡客也在重新找回自己的话语权，过去的五年中，他都处在被质疑的窘境中，而这次凡客的发声，显然表达得更为写意与从容。

穆旦、马尔克斯和张爱玲的文字主题T恤4月初在凡客官网上线，售价68元。在没有大规模推广的情况下，当天全网销售量达到日常的5倍。

陈年说，68元的定价里，除了衣服底料，其他的价值“全是图案的”。巧合的是，2008年凡客刚成立不久，就曾借助68元POLO衫“初体验”的营销策略，打开了市场大门。

“这次大家所津津乐道的回归文艺，几个月前，我们也并没有想过要贴上这个标签，本该如此，如果真的做出点什么，也是运气好吧。”伴随凡客五年的品牌总监刘亿林这样说。

最近这五年，陈年和凡客经历的是高歌猛进——命悬一线——起死回生——低调潜行。

解构

陈年继续抽出一根中华烟，夹在手指间，没点。

他说一万字的穆旦小传已经写好，但一直没发表，因为“还不够好，还需要再修改”，那是他珍视的东西。

他将能量与情感赋予在这件T恤上，当然不乏商业的嗅觉。春夏季该品类的需求量肯定在，但这次，凡客主动进行“供给侧改革”。

“即便今天马尔克斯一个图案最终卖到几万件，我开始也不过就做两三千件，这样没风险。过去凡客是啥？算了一下说能卖5万件，‘唰’，做出8万件，万一呢，对嘛？”

这种保守的态度若放在四五年前，他会把今天的陈年“骂成翔”。

2007年年底创办凡客，三年后“凡客体”风靡，营收突破20亿元，成为垂直电商老大。

2011年，凡客变得野心勃勃，1月定下的60亿年度营收目标，3月“修正”为100亿。继而大幅扩张人员与地盘，增加库存单品量。那时候，凡客已经完成6轮融资。

及至2011年年底，凡客库存达到14.45亿元，总亏损近6亿元。陈年开始想尽办法降库存，提毛利，却收效甚微。从2013年下半年开始，他每天醒来面对的第一个问题，都是还债。

时至今日，仍然经常有人和操刀了“凡客体”的许晓辉探讨凡客的跌宕。他曾在凡客两进两出，操盘凡客体，做到助理总裁；然后创业，被凡客收购，回来做到副总裁；然后再度出走。

许晓辉不喜直接给评价，但会用感性的词汇来描绘亲历的事实，“狂飙的时代、决策、欲望、金钱、人、一次饭局、一点悸动、一个片段的儿时梦、一本书、一次质疑、一幅微笑、一点嫉妒和不服气、一星不灭的欲望火、一句曾经的誓言、一个不能说的秘密，任何一点偶然因素都可能改变历史的轨迹，让命运走向不可测。我们看到的，往往只是结果与表象，过程与关键节点的抉择，还在罗生门里”。

但陈年不回避，也没有用那些晦涩和模棱两可的语言来给自己辩解，他选择解构自己。

陈年用“贪婪”将凡客这艘大船险些覆灭的责任揽到自己身上。他说那时候的自己被吹上天，现在看起来都非常讨厌——肥头大耳，油头粉面，内心扭曲。

2015年在参加一档电视栏目录制的时候，他也没对自己客气。

“当然凡客那时候也一万多人，我也比较嗨，一万多人，每天一上班就觉得很高兴。大家还说人太多了，得给老板弄一个专梯。我当时觉得这个人特别有眼力见儿，实际上那就是扭曲，人性的扭曲。当我觉得这个提议给我弄个专梯的人不错的时候、有眼力见儿的时候，我觉得我就变态了。”

感动

他把没抽的那支烟搭到烟灰缸，将小米手机放到桌沿边，一松手，手机翻倒，他迅速将其控制住，再次摆回桌上。陈年用这组动作来形容凡客经历的波折，“历史包袱是很吓人的事情”。

凡客鼎盛时，陈年隐隐觉得不对，但不知道错哪里。雷军将其点醒，让他开始彻底反思。小米的“专注、极致、口碑、快”正在成为互联网思维的七字箴言，显然也影响到了陈年。

更重要和现实的是，2013年年底，雷军协助凡客完成了第七轮，也是最关键的一轮融资，那1亿美金将陈年解救出来，去找回凡客。

陈年当初没时间跟大家进行细节讨论，他要赶快去纠正很多事情，防止很多事情。没有任何纠结，“对不起，我错了”之后，陈年就离开北京，开启了长达8个月的“一件衬衫”之旅。

2014年8月，陈年宣布砍掉绝大多数业务，从“做好一件衬衫”为起点，重新开始。搬家也成了标志性事件，他放弃了2000万已付的房租，从南城的雍贵大厦搬到亦庄，此时员工也缩减至约200人。

一件衬衫，成了凡客重新崛起的第一个作品，因为谁都明白，没有好产品时，别侮辱情怀。

“过去凡客对用户的爱是孩子气的，有什么拿什么，无论好坏，甚至伤害；现在凡客的爱，则是深思熟虑，只给能力范围里最好的。”这是2015年4月1日，在以“一封情书”命名的发布会上，站在大屏幕下，陈年的独白。

8月的一天，陈年复盘时发现，债务“好像没什么了”，而且还具备了造血功能，他自在了。

“凡客对雷军永志不忘。”跳出那段时间，陈年没有吝啬词汇。他比雷军大8个月，是同龄人，1998年29岁的时候相识，成为知己，两年后又一起创建了卓越网，一去已经18年了。

“在那个关键的时间点，好大的一条船，好大的一座庙，眼看着就要身败名裂了，雷军挺身而出，所有的股东达成一致，给凡客这么一个机会，这真的是一个特别感动的事情。”

更多年前，陈年所写的自传体小说《归去来》也曾让雷军感动，他们在各自的经验中关照对方的柔弱。

慢

现在，陈年每天的生活安排就是起床，跑步，朗读诗歌；上班，开会；然后吃饭，回家，或者再开会。他基本不参加圈子聚会，阅读和吃，是他两大闲时爱好。

他说，凡客目标很简单，每年有50%的增长就够，三年以后，如果50%要求太高，还可以往下调。

2016年春节后，他将公司日常的经营权交给了凡客联合创始人柯林丽，一位当年生完孩子一个月就回公司上班的元老。

“现在是从另一个方向做自己，我是性格特别急的人，但现在想缓慢地去做一个事情。”

几年间，他被频繁问及为何不放弃凡客，面对《博望志》，陈年给出了“珍惜”二字。

“凡客是一个太好的、有价值的品牌。你做了这么一件事，而且用了快9年的时间做，我不知道怎么解释这件事儿。我只能说，这件事儿我就应该一直做下去啊。”

说到这，他把手里那支抽了几口的烟给掐灭了。

他慢慢地通过体会触底的过程，真正理解了一个企业和品牌的价值所在，就是时间，而不是以往所理解的一招制敌。

同样的课题其实也在警醒着雷军，做品牌要是没有耐心，起来得容易，输得也快。

现在陈年给凡客的底线是，必须是正向现金流，必须有良性库存周转。上市？顺其自然吧。

莎士比亚说，逆境和厄运自有妙处。

“瞬间的成功，瞬间跌落的疼痛，其无比巨大的张力，很容易将人的信念撕碎，能够走出来的，都值得钦佩，譬如陈年。内心有团不灭的火，谁知何时继续燎原。”许晓辉这样评价过去的老板。

现在陈年更多地在思考如何将李白、辛弃疾、聂鲁达们的作品打造成T恤图案，他喜欢那句：“十步杀一人，千里不留行。事了拂衣去，深藏功与名。”

温和而急躁、好斗而不争执都是陈年的秉性，无论是作为文化人，还是商人。

河里那条鱼，你往何处去

文 / 丁小杆儿
采访 / 丁小杆儿　小肥人

张天一希望花十年时间，在35岁时通过伏牛堂来完成自我认知，简言之，将人生不惑提前五年。60岁之后，依据身体状况，来选择做一个深度调查记者，或者读历史、哲学博士。

向那些疯狂的家伙们致敬！那些我行我素的家伙，那些桀骜不驯的家伙，那些惹是生非的家伙……

在这则苹果广告的最后一帧画面他自己加了一句——不为乌

合不从众。

对于湖南人来说，匪气在某个特定的语境下也会变成书生气。在创立伏牛堂的两年间，张天一的自我定位即穷书生→肥书生→粉教教主。

期间伏牛堂卖出了50多万份米粉，长度连起来已经1500公里，相当于北京到长沙的距离。张天一也在这段“路”上完成了一次“肯定之肯定”式的自我认知。

过去的两年，他生活在聚光灯下、商业话语权中、阴暗的出租房里、键盘敲击的文字，以及打坐禅修时……他用一年的时间整明白了：为什么创业？为什么卖一碗粉？将如何继续卖好一碗粉？

这个26岁的年轻人已经将自己的生命规划到了100岁。

反抗 & 隐喻

2014年6月27日，北京大学法学院毕业典礼前夜，张天一独自一人在店里清理了4月4日卖米粉以来所有的营业数据，过去的84天里，一共卖出了14362碗米粉。三天前，伏牛堂又孕育了第二家门店。

他在那天的日记里写道：“这将近一万斤的米粉所带来的踏实感，足以抵消在学校填写确认毕业信息时，户口和档案一栏显示被打回原籍的不安与失落。”

念研究生时，张天一的导师给他们讲过一个故事，在日本一位行为艺术家的作品中，有一个案例是：此人买了很多死鱼回家，给它们穿上各种衣服并拍成照片。其背后隐喻，是人的异化。

“在工业社会，大城市中，绝大多数人的生活状态，其实你自己是什么已经不太重要，重要的是你只是社会上的一个符号。”

抗拒被符号化是这一代年轻人中常见的世界观，但它在张天一的身上彰显得尤为强烈。更早前的本科阶段，张天一就通过不断地打工来认识世界，并以此来验证自我存在的意义。

多年来，他经历过的身份包括艺人经纪、隐居士、学生会负责人、创业者（“天一碗”连锁餐馆创始人）、文化公司营销总监、小贩（摆摊卖菜）、国家机关法律顾问、自由演讲人、保险推销员、专栏作者。

这些经历中，在财务上最为成功的当属天一碗饺子馆。得益于策略对路、学生会主席身份以及高校学联的关系网，他的生意越滚越大，本科毕业的时候，把手里的饺子馆盘了出去，净赚80多万。

由于饺子的销售渠道更多地和之前学生会工作的经历有关，张天一将这笔收入戏称为“罪恶的原始积累”，然后潇洒地做出了一个今天看来很蠢的决策——去廊坊大学城买了一套房，全款。

加入学生会又主动辞职的经历，让他放弃了从政报国的初衷，所以本科毕业时，张天一也失去了获得关于前途的答案的可能性。考研成为唯一选择，从北京外国语大学考到北京大学，老老实实读完硕士，写完论文，评优，储备offer，但张天一仍然不愿成为穿西装的鱼。

旨在延缓出卖自己的节奏，形势倒逼张天一做出了选择，开设伏牛堂，卖米粉，并悲壮地做好了俩月倒闭的准备。

年轻的毕业生需要戏剧感来强化悲壮气氛，凑巧他们将店址选在了国贸环球金融中心地下室的拐角，想象着楼上同学们在律所衣装革履的同时，“老子就要穿着大背心在灶台前汗流雨下”。

2014年的清明节，张天一和三个伙伴，在一间30平方米、环境仅比路边摊稍好一点的店里，开启了一场“行为艺术”般的卖粉事业。

当张天一在硕士毕业前夜写下那段文字时，伏牛堂团队成员从4人变成了14人，店面由30平方米变成180平方米。短短三个月，人员翻了三倍，场地面积扩大五倍。

后来的一次演讲中，张天一戏言：“我遍查人类发展史，达到这样快速发展的组织好像只有一个，就是我党。”

2015年8月的一次视频采访中，他回忆了当初摇滚明星一般的反抗精神。

“99%的大学生进入社会的时候，都要被社会规则“洗礼”一遍。那我现在走的这条路。第一，我想告诉社会，老子不接受你这套规则，不跟你玩。第二，老子不仅不跟你玩，还要反抗你。伏牛堂做的就是反抗社会规则的事儿。”

摊子大了

“一碗牛肉粉，能让包括我自己在内的所有人都脱下标签，这是我眼里最大的酷炫。”第二家店开起来的时候张天一这么想。

但事实却正相反，更多的标签不期而至，来自舆论和社会。

米粉店刚开业时的一个晚上，他盯着正在泡发的米粉，感觉来了情绪，坐下来写就一篇《我硕士毕业为什么卖米粉》，并在朋友圈广为传播，“硕士粉”随即成为网络热词。而后更多时间里，张天一被贴上“北大硕士”“90后创业者”“互联网思维”这三个彰显着强烈风口气息的标签，持续于媒体中曝光。

央视黄金栏目、顶级企业家论坛、主流杂志封面，都能看到他穿着T恤、迷彩裤、马丁靴的形象。

在张天一的印象中，最牛的，是坦桑尼亚的一个报纸，居然也将伏牛堂的故事印为铅字，“还有一个我记得非常清楚，是《印度教徒报》，那哥们（作者）来我店里吃了碗牛肉粉”。

与媒体人一道，投资人们成功地将张天一推向互联网思维的风口。

2014年5月，开业一个月的伏牛堂就获得险峰资本近百万元种子投资；2014年9月，获得IDG资本、真格基金数百万人民币天使轮投资；2015年7月，完成来自分享投资和青骢资本的数千万元A轮融资。

石小敏正是看到那篇《从米粉里泡发》的文章后，毛遂自荐来到伏牛堂的，现在她已经是朝阳大悦城店店长。在她对张天一的第一印象里，此人完全不像个“北大法学硕士”，寸头、黑框眼镜、粗大的银质项链，有点桀骜。

在那之后一段时间，张天一确实有些飘飘然，有些狂。

那时候，录制节目时他会说：“丫的媒体喜欢把我描绘成抛弃了很好的工作，月薪两万，然后用那种很庸俗的标题，比如卖米粉的，月入十万、二十万。”

视频里，他用食指和中指敲着桌子，说现在创业是绝大多数失败者的托词。“本来一个人能力普通，智商普通，什么都很普通，失败者你去创业，谁敢否定未来的‘比尔·盖茨’？”

与《博望志》的交谈中，他也坦承：“那个阶段觉得我特别牛，喜欢的就喜欢，不喜欢就不鸟你，人、事都是这样。有点飘飘然，根子上是觉得我特别像李白，哎呀，我终于通过创业这个事情，找到这种想说就说、想让谁脱靴就让谁脱靴、想醉酒就醉酒的状态。”

他遇到了一些认知能力解释不了的问题，“当然伏牛堂也能活，以融资为导向，造概念的天赋我也有。但核心问题没想清楚，这样搞个两三年就可以歇了”。

在这种稀里糊涂的状态里，他迎来创业一周年，并开始思考一个很严肃的问题：“要卖米粉卖一辈子吗？要卖成‘中国米粉大王’吗？我×，我为什么要成为‘中国米粉大王’呢？很诡异啊！”

团队二三十人时，那时候还没有西屋国际的办公室，一群年轻人天天在店里面同吃同住同劳动，凭借不错的人格魅力，就能搞定管理，同工同酬。

“但团队到40人的时候就不一样了。有些从大企业慕名跳槽而来的，有外地大学生特意投奔过来，来到这个小破企业拖妻带子的图啥？创始人的这个责任，作为土象星座的我要回答这个问题的吧？”

定力风险

虽然在媒体访谈里，他快意恩仇，面对全世界表现得满不在乎，姿态潇洒，但此时，张天一已经渐渐丢掉了刚开始卖米粉时的从容，甚至内心变得有些慌乱。换句话说，当冷静和理性在人格中溢出时，也就到了为张狂买单的时候。

2015年4月4日，伏牛堂一周年纪念，张天一写了一封内部信：

“现在的我，比任何以往都觉得要艰难，每天早上大约四点或者五点起床，一般都伴随着一阵心悸，真的是那种心跳加速把人催醒的感觉。”

压力和心悸来自伏牛堂现实存在的很多问题，价值观需要转变为真正的规章制度和企业文化，每家门店的管理和运营需要改善，需要更好的执行力。

“这里面任何一个问题的不及时解决，都有可能导致我们的死亡。”

那时候，面对团队成员对公司发展规划追问时，他竟然没有答案，这一切驱使他必须要完成进一步的自我认知。

首先，他将自己慢下来，即便拿到融资，他也把2016年的开店目标从120家减到80家，最后缩减至15家。

比起数据上的发展，他认为更核心的问题，是先要给伏牛堂排雷，解决掉最大的风险——创始人的定力风险。

“你要专注地做一些事情，那你自己能不能不DAN疼？不作死？这很难把持的啊……”手握资本时，他最大的冲动就是证明自己，需要掌声，几乎无法遏制。

冲动和隐忍的博弈中，活了20多岁的张天一突然发现，这一帮这么年轻、读了这么多书的人，如果卖不好米粉，唯一的可能性，就是不想认真去卖，盯不住，反复纠结，最后玩花了。

他在网上众筹，想去中欧创业营寻找答案，并娴熟地使用着互联网商业时代的营销法则，希望获取过来人的经验，并落到自己的价值观体系中。

从大一至今，八年来张天一读下了将近两千本书，知识分子般的自省，成为他今天往前走的全部底气，他更相信方法论是从历史和书本中，寻找推开未来大门的钥匙。

看了很多品牌故事后，他发现在所有产业中，真正立得住品牌的周期，最低是10年。

10年，一个具体的数字，终于为他解决了问题。

“第一，伏牛堂对我意味着什么。第二，价值观和愿景这么虚的东西，我可以用很现实的画面描绘出来，比如告诉大家，你们跟我干，五年后能干出什么样来，然后他们有他们的方向。”

2015年8月，张天一在发布会上先给伏牛堂品牌赋能，并启用了新LOGO——蚩尤将军，“伏牛是世界上最恐怖的生物，也是世界上最恐怖的企业，伏牛堂的牛会成为兰博基尼的牛、华尔街的牛”。

往何处去

如今重新与《博望志》复盘创业初衷，他已经不会再说“反抗”这些词汇，他将创业总结为一个放大人性的过程，在这个过程中，他能够搞明白一件事：“我到底是谁，我有几斤几两。”

在一周年的那封内部信里，张天一说，目标很清晰，可是路径不清晰，在路上会有很多坑坑洼洼，我们不要因此觉得前途黑暗，转机就在眼前——外卖业务的兴起，新门店的开设运营体系的成熟，产品的标准化，新布局门店模式的趋于成熟。

2016年年初，他跟公司的所有人聊了一遍，从基层到中层，再到合伙人，碰撞他们相互之间对于未来发展的图景。他的意图是开“制宪会议”，制定伏牛堂的“宪法”，获得事业的赋权。

他明确地提出了伏牛堂的第一个“五年规划”：2020年门店突破100家，由北京扩散覆盖主要一线城市，营收规模每年实现成倍的增长，总营收突破4个亿，年净利润突破3000万，公司员工突破1000人，重新定义行业。

进入4月，确定了哪些人可以立约，哪些人是骨干，从机制上开始进行针对性的培训，建伏牛堂的黄埔军校——霸蛮讲武堂，首批学员都是伏牛堂的分舵主、分舵护法。

张天一借此拥有了一个新的title——校长，他发了当天开学典礼的朋友圈，说一入黄埔学生军改变了中国，这些伏牛堂年轻的一线管理骨干们也会用他们的热情和理想改变一点东西？他在最后用了一个问号。

他每天会从东大桥骑着那辆破旧的公爵600，绕道长安街，到中关村上班。

在路上看到自行车之间的超车，张天一悟到的是，起步时，宜用“奇”，破坏规则、走小道，抢一点先发优势。一旦启动，就需要抓紧时间自我升级，因为在大道上拼的是“正”，是堂堂正正的实力，抄小道啥的不管用了。

到今天，伏牛堂愿景已很清晰。

“今天我26岁，我干10年，我要把伏牛堂干成一个值得尊重的和立得住的企业。”

张天一认为自己一路过来还挺顺，甚至现在可能还是飘的，今天总结出自己的一套东西来有所参透，但保不齐如果明天再给他两个亿，自己的小智慧是不是还能解决这个问题。

“毫无疑问，我觉得我人生之中一定有个大坑。坑一定会来，而且一定会跌得很惨。而且我现在很期盼它来，因为我很想看一看，跌成那个鸟样的我是什么样，但是有一个我是确认的，我希望我在遇到困难之前，有足够好的认知准备，别坑来了我自杀了，对吧。”

张天一最近琢磨出一套人生逻辑，并在此之上，将人生分段嵌入。

他希望花十年时间，在35岁时通过伏牛堂来完成自我认知，简言之，将人生不惑提前五年。解决了不惑的问题之后，直到60岁做一件喜欢的事情。

60岁之后，依据身体状况，来选择做一个深度调查记者，或者读历史、哲学博士。66岁出家，80岁完成立言，回头思考今天的问题，人到底是为啥活着。

丁小杆儿后记：

小肥人和我说要采访张天一的时候，我脑子里第一个蹦出的问题是：“你觉得你是网红么？过气了么？”因为近期Papi酱成了徐小平等投资人的“新宠”。

他的答案是，没有。

“这个世界上有一条河，这个河经常会起一些浪花，必然有些鱼会被浪花卷起来，但是呢，最后呢，这个鱼和河的关系，还是在鱼。我的意思就是说，我创业两年，最大的认知就是，这个世界是存在一条河的，我是河里的一条鱼，你不能说我改变河的流向，或者让浪久一点，这都不靠谱，这都叫客观的不确定性，鱼能把握的只有自己的姿势，这叫主观的确定性。

“想清楚这个问题了以后，首先不会纠结的就是这个浪还有多久；其次你也不会纠结于说，我还要造浪，你会专注于说，怎样游会是最舒服的。

“我现在觉得非常好，非常爽，我现在爽是因为我在做这个事情，哪怕是这些细枝末节、烦琐的事情，每一刻我都在获得新的认知，我就像操作机甲一样，我能感觉到操纵的快感，这是最近我才获得的。而且在这个过程中，你的团队非常有安全感。

“说白了，在这个范围内，我是规则的创造者，我是Founder，这种感觉是很好的。”

于扬：
神拣选了我

文 / 丁小杆儿
采访 / 丁小杆儿 小肥人 刘琼宇

“我不是没见过钱的人，我不care。”作为易观国际集团创始人，于扬的事业目标仅仅为了荣耀神，现在他的追求只有六个字：健康、智慧、喜乐。

于扬递过来的名片上，写的是“易观智库首席客服代表”，字面意思是服务“员工、客户、投资人”，而更隐秘的解释，源于《圣经》中那个最广为传诵的故事。

在“最后的晚餐”前，门徒还在争论谁为大。显然，他们的思维和眼光仍然停留在世界的标准上——极力为自己争取权力，以期统治、管理和支配他人。耶稣没有进行指责批评，反而身体力行，为他们洗脚，用爱服侍他们，包括最后出卖了他的犹大。

与《博望志》四个小时的交流中，于扬将自己打开，朋友眼中闷骚的他，在20多年的记忆闸门开启后，滔滔涌动的是年少成功的纨绔、被神拣选的号啕大哭、经历病痛折磨的绝望以及骨子里对技术的极客追求。

九十年代

在创办易观之前，于扬是一个“赚钱赚得厌烦”的主儿。那是90年代，他像极了影视剧里的人物，年轻、富有、恣意，只不过，最早撬动财富杠杆的工具，不是他自我标榜的技术，而是文科生擅长的公关文案工作。

90年代初，从北京航空航天大学电子工程专业毕业后，于扬被分配到一家国有的计算机研究所。但由于不适应那边的工作氛围和复杂的人际关系，无法施展拳脚，他选择离开体制，进入商海，一猛子扎进了中关村创业大潮。

最开始，他卖过电脑，于扬记得联想当时就在楼下，自己常去杨元庆那儿拿货来卖，那时候联想的第一台586电脑刚刚面世。而后，从给刚刚入华的外企进行技术文档的翻译起家，于扬阴差阳错又歪打正着地进入到了公关行业。

1993年，和几个同学一起，他正式注册了北京博能图文技术有限公司。那时，王志东刚刚创办四通利方，六年后才有新浪，马云还在杭州做翻译社，李彦宏正在美国念计算机硕士，马化腾也刚刚从深圳大学毕业。

抓住了改革开放后外企入华的第一波机会，高质量的市场服务公司短缺，从翻译到广告礼品、公关活动，博能公司业务繁忙，供不应求。当时惠普、IBM、英特尔等都是他们的客户。

1994年，公司高管就人手一辆车，多是20多万的桑塔纳、捷达等。有一次，于扬开车在友谊宾馆门口右拐的时候，挂倒了一位清华大学的教授，老人被扶起来以后颇为气愤："你们这帮高干子弟，开车怎么不注意点？"

于扬说："我们真不是高干子弟。"老教授反问："那不是高干子弟谁有车？你告诉我谁有车啊？"

于扬真不是高干子弟，他只是有钱了。

"我们是北京城（改革开放后）第一波有钱人，应该能排到很靠前的位置。"

他们常去动物园附近的莫斯科餐厅聚餐，这家以"老莫"名号出现在大量文学作品中，在特定的历史环境下代表着尊贵与时尚的餐馆里，年轻的富人们一顿饭就能吃掉1000多元，与之对照的一个背景是，当时大部分工人月工资也不过两三百元。此外，他们会购买昂贵的机票去周游列国，欧洲、澳洲、美洲走一个遍。

这批人开始初尝将“生意”做成“企业”的滋味，在物质尚未极大丰裕的年代，个人财富的快速增长并未转化出与之匹配的购买力。这可能多少令年轻人心态失衡，甚至会出现“赚够了”这种错觉。

同时，出于中国商人特定的不安全感，1999年于扬尝试给博能引入职业经理人，打算全家移民去加拿大。但在那边住了没几个月，他就厌倦了整天钓鱼、烧烤的生活，对他来说，“不能刚30岁就去养老吧”。

财富可能会成为盔甲，但绝不可能成为顶上皇冠。

回国前，他就撺掇在机械部当处长的杨彬下海，最开始想让杨彬接管博能的市场研究，但杨彬不乐意，二人干脆合计着弄个新项目，但必须要和技术结合。

杨彬抛来最早的商业计划书后，于扬很是兴奋，那时候他们商量闯到什么程度才叫成功。于扬说，要做互联网一个创新领域的第一，他深信技术是重要的驱动力。

走窄门

你们要进窄门，因为引到灭亡，那门是宽的，路是大的，进去的人也多；引到永生，那门是窄的，路是小的，找着的人也少。

——马太福音

于扬的父亲毕业于北京大学物理系，在国防系统工作，他是大院里长大的孩子。身高体壮的他“从小没当过老二”，曾经替弟弟出头，把欺负他的孩子的腿给打断，然后回家再挨父亲的棍棒；也曾为争“老大”，从三层楼跳到沙土地上，导致右腿半月板至今还碎在膝盖里。

“可能受小时候那种英雄气概灌输，你要做难的事儿，做好了才牛×。这种情结从商业角度可能很难理解，它不是要做一个能赚钱的事儿，按北京话，要有面儿。”

博能时期，对事业的不热爱与不自豪，是于扬始终没能克服的障碍。他清楚地记得早年一位客户打电话管他要“公关小姐”时自己内心的尴尬，但在于扬眼里，这不是一个简单对服务业的疏离感，或者对他人误解的过度反应，他介意的核心在于，其所热爱的IT技术，在公关业务中无从施展。

有个阶段，于扬甚至会在酒桌上逮人就问：我这辈子就这样了么？那我学的技术、编程，用不上了？

变数最终来自杨彬，一个懂分析，一个懂技术，俩人一拍即合，易观应运而生。于扬也借此重新出发，“但真正做起来却发现，商业模式没有，2000年我们成立后不久，纳斯达克就崩盘了”。

二人拼命想往技术驱动的方向努力，但发现不行，没有人能理解技术能带来什么，更别说让人掏钱了；如此易观又返回去，做起了传统市场研究。日子并不好过，第一年，公司现金流就差点断了。

转折点在于美国知名咨询公司Gartner入华甄选合作伙伴，几轮考核后，易观从12家公司中脱颖而出，拿下订单，解了燃眉之急。

同时公关市场竞争也日趋激烈，花精力在一个自己不热爱的事儿上，于扬接受不了，于是在2002年，他把已经走下坡路的博能卖掉了，专心投入到市场咨询和分析业务上。那一年，互联网终于迎来春天，中国网民数量飙升至5910万。

最初五年，于扬和易观的伙伴们主要是给Gartner做“贴牌代工”生意，按照合同契约，不能打自己品牌。2005年，他们与Gartner分道扬镳，核心理由是两家公司在方向上产生了分歧，“他们看好IT，我们看好互联网”。

事实上，从2003年起，包括电子商务、网络游戏、视频网站、社交娱乐等行业在内，中国互联网应用全面开花。

2008年6月，中国网民数量达2.53亿，首次大幅度超过美国，跃居世界首位;2009年，移动互联网兴起;2012年，移动互联网用户首次超过PC用户；到2013年年底，中国网民规模突破6亿，其中手机网民占到80%。

这个过程中，易观也从易观咨询变成易观国际集团。2010年，杨彬领衔易观亚太先行成立子公司，承接最传统的咨询业务;2012年，于扬又创立了新的子公司易观智库，主打信息数据服务，并在当年率先提出了互联网+的概念。

被神拣选 & 重生

从最早接触计算机开始，于扬就是坚定的互联网信徒，而今他更愿意分享的是对于基督教的信仰。

从2006年起，他就被太太灌输基督信仰，一直被督促着去教堂、看《圣经》，但于扬始终没有在意。直到2013年5月的一个雨天，被太太邀请在家听一位澳大利亚牧师的讲话录音，当听到其中有关“你有很多包袱，你应该交给神”的讲述时，于扬控制不住，抱着妻子号啕大哭。

“突然电光石火一般，就打中我了，与其说是你信他，不如说是他拣选了你。”

原北京电视台著名主持人姚长盛是于扬交往了十来年的朋友，在他看来，于扬是一个固执的人，“一直很顺，并且没有什么弱点”，这种人如果不是在某一刻被一种巨大的力量推倒的话，不可能表现出这种状态。

“他肯定听到了什么声音，是你未曾亲历过，而且无法体会的。”

但“基督必须先受苦，后得荣耀”，于扬并未就此获救，几个月后，他被湿疹缠身。

“从腿一直到全身，很痛苦的过程，晚上基本睡不好觉”，为了防止自己把身上挠得鲜血淋淋，他必须在手上套着袜子才能睡。

在很长一段时间里，于扬不能洗澡，他突然发现，当病痛来袭，一个人原来触手可及的快乐都会被剥夺。为了防止抓挠，每晚必须将手脚牢牢捆住，有几个晚上，他睡梦中会觉得是撒旦在跟自己讲话："你挠吧，挠了就舒服了。"

试过各种治疗方法也不见效，在去医院体检的过程中，被发现贲门溃疡，活检之后，医生拿着化验结果找到他说："你的家属在吗？"——更大的灾难来袭，贲门溃疡癌变，得了这个病的人，5年内80%都"走"了。

一边是生命进程骤然缩短带来的心理威胁，与此同时他还像困兽一样忍受湿疹的折磨。即便进行祷告，将近半年的生活中也未见到任何曙光，于扬开始怀疑神的力量，甚至出现了自杀的念头。

事后，牧师曾对于扬说，当时从其眼中看到的，只有死亡和绝望。

生病的100多天里，于扬的骄傲被完整地打掉，在姚长盛的印象中，朋友因为扰人的病痛在承受磨难，"你觉得止于这一番就完了，但后面还有比这更糟糕的事情，你说你做何感想"？

当时于扬的体重从84公斤掉到70公斤，用公司同事的话讲，这个188cm的大个子走过来，像筷子套里只有一根筷子，晃来晃去。

幸运的是，手术成功，但切除掉的病灶要被拿去检验，以明确后续治疗方法。此时，于扬面对的可能性大约有"已扩散"与

“未扩散”两种，可令所有人都没有想到的是，最终出现了第三种结果。

活体检测显示，病灶消失，换句话说，白挨一刀。

主治医师都无法解释，术前活检结果经三人复核，绝不存在误诊。他给了于扬一个科学上唯一的可能性，即在那次活检时，仅存的一点病灶，被随机夹走了。更令人难以置信的是，在未经任何治疗的情况下，术后恢复过程中，久治不愈的湿疹完全退去。

那个在科学上或然率近乎为零的说法，自然说服不了于扬，他的父亲如今年过八旬，这位物理专业出身的老人，年龄越大越相信高维空间的存在。

于扬也相信，但那尚存在于科学证实的范围之外，对于自己的神奇经历，他只有一个理解——神迹。

壮志未酬

经历了人生至今的最大磨难，于扬获得重生，事业上，他也着手给公司“做手术”。

搬家到距离集团不远的一处小型写字楼里，他带领200多人，组成了一个更加互联网范儿的企业。

新的办公室有些独特，于扬的办公桌没有配椅子，只有一组待客沙发，这是他想要的，“必须这样才能Fight，站着随时走，直接喊人进来”，墙上的十字架在局促中显得很通灵。

与集团时期相比，剥离出来的子公司内部的变化从上到下，始于于扬个人。姚长盛对老友的评价是，跟王石身上的变化一样，只是比那位大佬早了一些。

这种转变在于扬身上最直观的表现是，他越来越乐于聆听，“不断在听的过程中点头，跟你交流，说话也愿意follow你了”。姚长盛认为，于扬在新一轮的宗教洗礼中，更加西化、绅士、有教养。

易观智库分析师王传珍记得，每次在公司里迎面遇到老板时，对方都会报以一个非常nice的微笑。在企业内部，则出现了大量的自治文化，易观智库公司前台有一个榜，用来收集需求和内部竞标，在其他企业那些通常由行政部门推进的内部产品，在这里全凭兴趣，便可有效执行。

于扬说，这个世界上没有绝对的事情，最重要的还是你的内心。他希望能够始终保有创业的激情，未来三年，他希望团队人数能始终控制在200人，超过这个需求的业务尽量外包，能用技术的，绝不增加人力。“人多了之后，每个人都要心理按摩，而且还可能面临监管的疏忽。”

从互联网化到互联网+，进而化之，现在于扬挂在嘴边的概念是大数据。

当政策导向采用他提出的概念之后，于扬在公关层面的形象，愈发类似一个观察家，甚至预言家。但在他个人看来，并不喜欢被贴上此类标签，他认为，自己的言论仅仅是数据生意的经验而已。

未来随着世界比特化加速，机器决策会越来越多，所以三年前于扬给易观智库的定位就是为机器决策来供油。油是什么？油即数据，他想要打造大数据时代的美孚或壳牌。

对于易观智库来讲，无论是通过传统研究，还是用大数据技术，或者未来用到其他智能科技手段，这些都是随着社会发展成长所用的决策工具。

2015年易观智库独立引入了第一轮融资，数千万人民币到账半年多，却一分没花。

“公司本身持续有收入和利润。”于扬解释说。之所以引入外部资本，他主要是三点考虑：

第一是融资源。引入了六家机构，开放那么多份额是希望以此为杠杆去撬动更多的资源，可以和融资方投的其他企业形成上下游的合作。

第二是定价。给团队的期权进行定价。

第三是做储备粮。防备竞争对手的突袭。

2015年11月，杨彬任职的北京易观亚太在新三板挂牌上市。在这位老搭档看来，“于扬是有野心的，是希望通过互联网能够推动一些创新，而不是每天想着今年的收入、利润，想的是一个挺大的事儿”。

于扬在生活中是个骑平衡车上下班、喜欢出国带着无人机、对黑科技如数家珍、最想尝试从飞机上跳下来的极客。

在多年老友姚长盛眼中，技术男于扬适合干一个实验室，“他对于自己前端的表现不是太满意，就跟一个演员似的，他说自己其实最擅长的是编剧”。

简单理解，于扬的终极目标可能是做人工智能。当然，在合伙人眼中，这块业务的投入回报看起来会很漫长并有不确定性。

“我不是没见过钱的人，我不care。”于扬的事业目标仅仅为了荣耀神，现在他的追求只有六个字：健康、智慧、喜乐。

“有人问梦想，我的梦想就是想在北京建一个万人的教堂，让更多的人得救。”

看见那根刺

文 / 刘琼宇
采访 / 刘琼宇 崔神 小肥人

2012年6月6日，柴可26岁生日，与合伙人悄悄讨论起团队散伙饭怎么吃的问题。受到市场认可的“大姨吗”叫座不叫好，参加某创业大赛，预热赛即被淘汰出局。绝境中他仍没向父亲开口，早些时候，柴父曾间接抛来橄榄枝，愿为大姨吗提供50万贷款，他一口回绝。

Frank是一个居住在加拿大卡尔加里的中年白人，他虔诚地信仰基督教，在当地教会组织中颇有些影响力。

每次回到家，一抬眼，Frank的目光总会落在客厅最显眼处悬挂的那个怪东西上：一张A4纸大小的硬卡纸，戳着一根亮闪闪的大头针；走近了看，纸上印着一副人体骨架图，而大头针像一根刺，不偏不倚，扎透纸片，穿过那颗颅骨。

那显然不是什么精致的装饰品，甚至有点瘆人。

不，不只是瘆人，看得多了，简直会觉得那根刺就长在自己脑袋里——他早就患有原因不明的头痛，疼起来就像被一颗钉子刺穿。

Frank当时未意识到，不久的将来，自己将会多么感激送这个怪东西的小伙——柴可，那个名字不太常见的中国人。

行为艺术的启示

Frank遇到柴可时，后者是卡尔加里大学的一名留学生。那天是周末，弓河旁一个社区的住户都在摆摊出售二手货物，柴可趁机跑来，也支了个摊儿。

路过的居民们逐渐意识到，这个中国人的地摊儿有点奇葩，他打印出一堆人体骨骼的照片，一张张贴在硬卡纸上，像个小相框；又从附近家庭那弄来一些布头、瓶盖等废旧小物品，地上立个“免费领取”的牌子。

好奇而来的人们被告知，领取相框有个条件，“要用这些小零碎，在卡纸上面展现，你觉得自身健康有什么问题”。领到骷髅卡纸的人，需留下联系方式，并且回家后要把它挂在房里最显眼的地方。

乍听上去令人摸不着头脑，选修了行为艺术的柴可，正用艺术家的方式寻求某种表达。他一直认为，人之所以不健康，最根本的原因就是“看不到健康长什么样子”；用行为艺术表达“可视化健康”的理念，便产生了这个奇特的小地摊。

以“打破表演者、艺术家和观众的第四面墙”为宗旨的行为艺术，也在打破居民们脑内的天花板，他们的表达方式千奇百怪。Frank尤其令柴可印象深刻，他找来一根大头钉，直接刺入硬卡纸，刺在骷髅头上的位置，从纸背穿出来。年轻的摊主惊问缘由，Frank解释说，自己有时候头痛得厉害，脑袋就像被针穿透。

近一年后，柴可去回访拿过骷髅卡纸的居民们。Frank见到柴可，非常激动。原来Frank几年来靠止痛片缓解头疼，在被柴可要求将骷髅卡纸挂在房门上之后，偶然被一位来访的神经外科医生朋友发现，在这位朋友的强烈要求下，Frank做了脑部扫描，并查出一颗脑瘤。

切除手术十分成功，但对这个中年人来说，一个中国留学生突发奇想的地摊，竟如蝴蝶效应般影响了自己的生命，这令他坚信是上帝的眷顾。Frank后来主编了一本书，把柴可与自己的故事收录其中，书名叫作《艺术的启示》，此书后来被送至加拿大各大教堂，供人参考。

“这是个特别偏的事情，但它让我觉得健康这件事情很伟大。”柴可至今都觉得这是一个启示。

回国后，柴可的第一个创业项目是糖尿病患者分享社区。在大姨吗之前，他创业6次，失败6次，但没有一次绕开过健康医疗。

踮起脚尖

柴可的少年时期，总在习惯性地踮起脚尖，开拓上限。

1998年，12岁的柴可第一次看到有天窗的轿车，是父亲提来的奥迪。他对此毫无概念，家里也从来没人开车接送他上下学。

只有一种情况下，父亲会派一位司机，把车停在离学校两三个大路口之外的巷子，让柴可步行过去坐车。

这种情况下，司机都是来接柴可去旁听董事会的。那位曾把柴可拉去厂子里叠药盒、压锡膜的创业者，已经是一位大型药企董事长。在十几岁的柴可眼里，这绝不是一个马到成功的故事，而是一个艰难又漫长的过程。

“富二代”身份没能在柴可身上转化出优越感。恰恰相反的是，几乎在每个成长节点上，他不得不去吃力应对的，都是自卑。

20世纪末的中国，任何一个由创业而触及财富的家庭，都要面对进入全新社会阶层所带来的冲击。随着家境一年年的改善，柴可在一个比同龄人早得多的年纪，被推出了舒适区，推向远方。

初中毕业后，柴可被父亲送到北京就读中加学校，寝室室友每月生活费大都有3000—5000元，而他只有200元。

外表温和的少年，在自卑的驱动下开始努力“往上爬”。一次课堂上，他被一位外教夸赞“口语纯正”，那一瞬间，柴可仿佛迈过了心里的某道坎。

看似不起眼的经历成了柴可心中的“里程碑事件”。外人的认可，对于一个踮着脚尖的少年，分量很重。“挺困难，直到开始有人会表扬你……”

高三时，柴可去了更遥远的加拿大。在中国学生里英语还算出色的柴可，一到那里立即傻眼，根本没法和人沟通，更别提听课。“上社会学，老师讲什么真的是听不懂。每一次下课我就问老师，今天讲的第几页到第几页啊？”直到一年后，再次发生戏剧性的转折。

社会学期末考场上，柴可答题的空当发现左边男生在使眼色——是个加拿大当地学生，柴可把手挪开了点儿，于是前桌的学生也开始回头看……

“加拿大人抄我的卷子，哈哈哈哈！‘跨擦’，我又建立起自己新的信心。”柴可双手拍了一巴掌，很响。

与父亲的竞合

对一个儿子来说，强大的父亲形象往往意味着压力而非荣耀，与父亲“竞合”的微妙关系，在一些富二代身上，会演变成对家族事业的刻意背离。

柴可的独特之处在于，无论个人兴趣还是创业方向，他都没有跳出父亲的涉猎范围，并把这种坚定归功于上一代，“从根儿上找原因，那（我爸）肯定对我影响最大”。

但肯定不意味着服从。“虽然他们（父母）认同我去折腾一下，但其实我心里想的是‘鬼才要回去跟你们干呢’。”

“花煦”CEO王西记得，柴可大学时讲过一句话，要去做事儿的话，不能比他爸做得差。“都知道他爸做成什么样了，我们心里想，你能比你爸牛？”

柴可第一次创业选择的方向，跟父亲是糖尿病患者也有很大关系。然而，网站从2009年做到2011年，一直没起色。一次他查看后台数据，前一天的活跃人数赫然为“1”，这名唯一的用户，是他父亲，“我登上去看你网站挂没挂”。第二天，他默默地停掉了这个项目。

之后接连几个项目依旧惨淡，没进过一分钱投资。绝望的柴可一度需要每晚灌两瓶啤酒才能入睡。他和发小、合伙人张相卓每人每月只领1500元工资，睡上下铺，打销售电话，撑了近三年，却连资金链的稳定都无法保证，他失了分寸。

2012年6月6日，柴可26岁生日，当天凌晨，他和张相卓避开团队其他人，讨论起团队散伙饭怎么吃的问题——6月8日就得发工资，需要6万块，账上再拿不出钱了。同时，受到市场认可的大姨吗叫座不叫好，参加某创业大赛，预热赛即被淘汰出局。

绝境中他仍然没向父亲开口，早些时候，柴父曾授意一位董事间接抛来橄榄枝，愿为大姨吗提供50万贷款，他一口回绝。“他就不在我的备选list里面！那个时候处于一种自卑的状态下，乞讨的状态……”

可最终，团队散伙饭没吃上，一笔6.6万元的货款在6月6日白天到账。这种戏剧化的转折让柴可至今没回过味，只是自那之后，整个运势开始快速正向发展。

紧接着，当年8月，大姨吗拿到156万元天使投资。

柴可迎来了创业之后最开心的日子，资本的认可，父亲的肯定，火爆的产品……而最令人兴奋的一点是，团队终于不用再接外包，开始专注健康方向的业务。

死胡同

柴可前30年的人生里从来没有光滑的上升曲线，在创业里，他也躲不开“回档”的那一下。

2014年3月13日上午，有网友突然发现苹果商店里搜索不到大姨吗了，消息发酵很快，随后多篇报道称大姨吗疑因刷榜被下架。

大姨吗官方回应是：遭到竞争对手恶意刷榜，暂时被屏蔽了关键字。6个小时后，App Store显示状态恢复正常。

扑朔迷离的事件点燃了战火，回应中的“竞争对手”普遍被认为是美柚。大姨吗火起来后，更多互联网人瞄准了这个行业，厦门创业团队的美柚，很快成为头号竞品。

采访中柴可对两者过往的交锋倒不讳言，他强调，自己并非仗着先发身份搞垄断，也欢迎别人借鉴产品灵魂，但自己团队原创内容被照抄，让他觉得被冒犯。

对任何刷数据的行为，柴可都表现出十足不齿的态度。他坚称大姨吗从始至终，从未刷榜。对待被黑、被刷，他的对策是建立知识产权保护体系，必要时直接打官司。“我们太有底线了，叫作‘阳谋’（打官司）。从来不会去刷他人的差评，因为这个事情对于我来说就是“猪打猪”，在泥塘里面两个人一身泥，谁又落着好了呢？一嘴毛。”

两款火热APP的“撕逼战”，自然在业界内外都极具话题性，媒体也乐于探究其中细节。在一档视频访谈节目中，站在台上的柴可被主持人问及此事时，甚至当着镜头起誓，“我如果刷了榜，天打五雷劈”！

这场长达一年的“战争”，不但打乱了公司运转的节奏，也给柴可带来了生理上的痛苦——他长了一身严重的湿疹，手脚溃烂、脱皮。焦虑之下，吃药、涂药全不管用，这将他逼入一个死角，不得不停下来做个反思。“我打死他了吗？没有。他打死大姨吗了吗？也没有。我们俩挣着钱了吗？也没有！”

点醒他的，是偶然在媒体上看到汽车之家创始人李想的一句话："最差的企业只关注竞争，最好的企业只关注客户。"他猛地意识到，平行竞争不是最可怕的，替代竞争才是。这条死胡同，他走了一年，终于转身。

随后柴可做了件充满仪式感的事：在大理的洱海边订下一套房，让老婆在朋友圈征集几个他不认识的朋友，大家一起去云南住上一周。他和大家唱歌弹琴、撸串聊天，唯一的要求就是只聊别人，不聊他自己，彻底甩开工作、忘记公司。这个点子被证明有神效，假期过后，湿疹竟真的好了。

游医

柴可为人所熟知的形象，是媒体笔下那个温和地微笑着的"大姨爹"。他的一些故事也被女生津津乐道：把卫生巾浇上热水，放进裤裆贴一个礼拜；在地铁上捧着《妇产医学》研读，遭人侧目；邀请男员工躺到阵痛仪上，体验痛经和分娩……

在这个层面上，他对自己的定义是：一个生物学意义上的女权主义者。

不过，谈到终极梦想，谈到墓志铭，柴可给出了一个更"虚"又更普世的词：悬壶济世。他在采访中不断地勾勒一个画面：兜间挂着破葫芦的一个行医，揣着宝药行走世间。

"看上去它是一个特别不高大上的词，但其实这就是医疗的本质。”

柴可否认友乐活是一家互联网公司，他不断向员工和外界灌输，这将是一家“移动健康医疗公司”。

友乐活年内会推出一款移动医疗器械产品，可以在家里完整地辅助整个备孕到孕成的过程。当护士站、社区医院、小诊所等用上移动医疗器械，具备了相应的诊断能力时，可能会成为行走的“游医”。

他似乎正在把那张扎着针的骷髅卡纸从艺术带进商业。

第二次接受《博望志》采访当日，距离柴可30岁生日还有两天。此前，他入选某权威媒体亚洲地区“30位30岁以下创业者”，望见父亲项背时，他对未来的商业渴望集中在一个“企业家”的概念上。

这一概念在他解读起来十分简单，让用户“看到那根刺”，让公司实现正向现金流。对友乐活来说，大姨吗正在电商业务发力，财务预测的盈亏平衡为期不远。

“所以明年年底可能我就是企业家了。哈哈。”

他翻墙进去

文 / 邱清月
采访 / 邱清月 小肥人

刘晓阳的团队——小白养宠是创业圈的一朵奇葩，这话是他自己说的。

“他不可能亏待我们”

5月下旬，望京某栋写字楼11层的公共卫生间内，洗脸台上搁着几支洗面奶，三个穿拖鞋的姑娘围成一团，正挨个洗脸刷牙，嘴里的牙膏，并未影响关于“哪种职业的人爱养狗”问题的讨论。通红的眼睛和略浮肿的脸说明这又是个彻夜加班后的上午。

不光是姑娘，距产品“小白养宠”上线还剩两周，技术和运营团队的十几个年轻男女全部把家搬到了办公室。仅有的几小时休息交给了大通铺，姑娘们睡这头，小伙子们挤那头。

刘晓阳的团队是创业圈的一朵奇葩，这话是他自己说的。

成年后难得的集体生活像短暂狂欢，其间，生活气味交织着商业压力，结成化不开的革命友谊。在办公室里，常会见到已完成工作的人，出于情谊选择加班陪伴，与留守团队半夜来一场头脑风暴。

策划这一切的是刘晓阳。作为创始人，他算得上是公司的首席体验官，擅长以出人意料的行为实现团队激励，传达的过程，则是极为传统的方式——聊，甚至在某种意义上，这家企业也是“聊”出来的。

谈话，成为他取下八年多的记者身份后，留下傍身的核心技能，这一能力总会在新员工培训期发挥到极致，并形成过滤作用，使得留在公司内的员工，多数秉持着对颇具特色的企业文化的极高认同。

令记者惊讶的是，无论职级高低，这家企业内的几乎所有受访者，都会在谈话中自觉回避个人利益问题，甚至在多数创业公司中被用作重要谈判筹码的股份与期权，也仍然全数握在刘晓阳一人手中。多数员工的反馈是，不需要谈，“时间到了，他不可能亏待我们”。

很有趣的一点是，这家公司尽管此前曾因现金流压力暂时停发工资，但刘晓阳并不认为这是作为企业管理者的失职，事实上，这一决议是来自当时全体十几位员工的集体商讨。刘晓阳透露，直到现在，小白养宠的企业财务状况对所有内部员工都是全透明的。在利益与经营上，创始人都与员工们做了紧密的捆绑，可能这是凝聚力的来源，同时也是体现之一。

与此同时，刘晓阳否认自己在管理手腕上的才华，他以常见的“无为”论调来定义自己的工作，“我没有什么管理，每个人有自己的角色，就干这个角色该干的事，需要什么管理”?

刘晓阳显然深谙举重若轻之道，在颇为关键的环节上，毋庸置疑的论调使他看上去更加从容，似乎轻易地便能创造难得的团队凝聚力。当然，在凝聚力这一点上，团队初创期就是独特优势，不过那个时候，场面更挣扎一些。

很容易地“活着”

2014年年末，在老家郑州创业失败后，债务尚未还清，刘晓阳一行五人便来了北京，搬着两箱泡面，跑去顺义郊区租了个两室一厅。刘晓阳喜欢在朋友圈刷新动态，但那个时期，近五个月的时间里，他毫无声息。

来京之后，原大河报社的老上级给他介绍了一个人：“挖漏儿”创始人赵峥。面对更加前沿的互联网环境，刘晓阳马上去跟刚拿到徐小平投资的赵老板讨经验，然后，擅长交流的他，在这次会面中有点“懵”。

问题首先出在语境上，“当时连LP、PR这些词，我都完全不知道什么意思”，刘晓阳两手一摊，第一跤跌在基础的沟通门槛上，无论如何也不显得体面。塞满文字的50页商业计划书，捏在手里发烫。

熬到年后，市场总监李明来了，大家开始狂喜，因为他会做饭，吃到肠胃反酸的泡面终于可以丢弃了。然而，愉悦没有持续太久，据运营总监王亚果回忆，过完年那几个月，几乎就是馒头、咸菜做主打，电视上的《非诚勿扰》成了下饭佐料。

屋里有些小型的健身器材，到了晚上，大家会做些运动，试图用它来冲淡等待中的焦躁。青年们正值精力过剩时期，通过肉体的消耗来转移内心的迷茫，算是一种有效的排解方式。

刘晓阳习惯于在对话中以自洽的逻辑来解释问题，无论这套价值体系与常规认知距离如何。例如，当时这支团队每日花销上限为100元，一行5人每天从顺义最后一站俸伯上车，坐到中关村7块钱。来35，回去35，伙食费稳定在30块钱左右，因此宿舍的厨房里，顿顿都会传来火锅底料熬菜的味道。但他坚称日子过得“很容易”。

怎么解释？“我们都没有饿肚子，所以活着是很容易的。”

中关村创业大街总是一行人的终点，这条不过200余米长的街道是创业者，尤其是初到北京的创业者们的圣地。这条以前属于“海淀图书城”的小巷子，如今除了仅存的两家书店之外，几乎全是创投机构分支和咖啡馆，当然，这里的咖啡从不会成为任何一个人的目标。

流连在创业大街上的多数人，把创业当作平庸生活与财富分配的最后一根稻草，一天接一天晃荡着他们的梦。刘晓阳他们也来这里，很快聊出了完整的项目轮廓，一份15页图表的商业计划书也随之出炉。

2015年4月，3W咖啡给了小白养宠一个路演机会，并顺利对接到了种子投资。

咸菜馒头的日子也就此叫停，但没有改变的是长期集体生活的模式，地点换成了中关村。

16 岁赚到 16 万

刘晓阳1980年生在郑州一个普通家庭，母亲早前在文工团唱样板戏，父亲在部队当首长秘书。因家住在省体育馆附近，刘晓阳6岁就被教练丢进游泳池，家人期待，他会成为运动健儿。

过早被投入专业训练的少年没能在单调的体育项目中坚持多久，他在小学毕业前夕被选中，改练足球，但在恶劣的行业环境里，最终没有等来上位的机会，并在20岁伤退。

由于从未处于一个稳定的求学环境中，刘晓阳在经商方面就显得无师自通。初中时，母亲做生意去批发市场进货，他在附近闲逛，发现平日里同学们玩的红白机游戏卡，在这里的价钱比专卖店便宜得多。

于是顺势做起“倒爷”生意，批发价30元，卖给同学50元。为了提高销量，少年体育生还自创了一套促销手段，向急切拿到游戏卡的玩家宣称无货，需要预约购买，先付款先得，这样一来，批来的游戏卡几乎没有尾货滞留。由一个个像素方块组成的游戏画面使无数少年痴迷，刘晓阳一个月卖掉170多张，盆满钵盈。

慢慢游戏卡带来的低利润已经不能满足商人胃口，游戏机、传呼机也纳入产品线，渠道方面，他则着手发展下线，扩大规模。初三时，刘晓阳走到了同龄人中的财富巅峰，“16岁的时候，现金就有16万了”。

90年代初，贫富差距已开始显现，他明显感知到，自己身边有买得起2000多元游戏机的校友，也有连饭都吃不起的同学。“生意”越做越大，名气也越来越大，此时刘晓阳被倒逼着练就了一身体育生特有的本事——打架。

被仇富的目光盯上后，刘晓阳时常会遭遇混混们的勒索,瞄着他抢。“我觉得身边没人就不能出门，每次出门逛街都是二三十人的队伍。”

自建体系后，刘晓阳毕业前在学校内“打出巅峰”，那次涉案数百人的事件中，带头的几位学生都被领进派出所，结果，这些人中，除了刘晓阳，其他人进去全“撂了”。

“当时我就觉得，人心太特么险恶了。”他捋捋头发。

刘晓阳的幸运之处在于，荒唐时光在此次事件后被动地戛然而止。从广泛的教学环境来看，体育生在校园内本身往往会无差别地莽撞，可神奇的是时间，有时会让一些问题学生在成长中掉队，也能洗礼出一家科技企业的创始人。

文化流氓

如果说一个人的基因源自父亲和母亲的结合，那么刘晓阳除了经母亲启蒙的经商头脑以外，还有遗传自父亲的文化意识。家里有几万册书，自小便涉猎广泛，初中又常年代同学写情书，他自认为有点文学素养，动了进报社的念头。

这么想的，也就这么做了。大门不让进，刘晓阳翻墙跳入大河报社，表明来意后，领导破例收下他的简历。父亲得知刘晓阳的行为后，通过私人关系助力，令他最终幸运地成为《大河报》的实习生。

“翻墙”这种看似鲁莽的行为方式，在刘晓阳前半生的每一次转身中重复出现，在快速迭代的商品社会中，这种不讲理的切入，总能体现为强大的执行力。

媒体人头顶的光环紧紧裹住问题少年身上的刺，他开始触摸到正义感，乐于为弱势群体发声，这也为他今后的职业道路形成了背书作用。以其天使股东为例，泽厚资本合伙人刘国炜认为："刘晓阳原来是个记者，有理想情怀，作恶的可能性很低。"

不过，他身上至今仍能嗅出明显的江湖气息。采访中，刘晓阳曾讲述一次冲突事件：在一个画展报道中，几个布展的民工跟他们动起手来，同去的老记者是柔道高手，他刚撂翻一人，发现前辈已经干倒一片。报警后，民警瞧着地上躺着的人，幽幽地问两位记者："你们打人还是你们被打了？"

他话锋一转："从一个野蛮人变成了一个文化流氓，至少还是文化在前，流氓在后。"

刘晓阳做了近八年的社会记者，流气在工作磨炼下淡去，当初的激情化为重复劳动的疲沓，恰逢纸媒生存状况不佳，他意识到，自己到了再次选择的当口。

攻心为上

刘晓阳28岁辞去了报社工作。他给了自己一年的间隔期，其间不断与郑州一些企业家接触，试图获得启发，这种无直接目的的泛泛交流，放在奔跑中的商人身上是浪费时间，但对刚刚放下铁饭碗的创业者而言，它无疑带来了更多思考维度。

走向实战时，刘晓阳却发现，自己更需要做的是"拥抱变化"，而非汲取老辈人的经验。过山车式的人生，似乎回到了原点。

近日，《魔兽》电影上映。对于大多数玩家而言，它的意义已远远超出一个游戏，它承载了青春岁月和与之相关的记忆。刘晓阳就是在彷徨的那年加入联盟做一名圣骑士的。除了在艾泽拉斯（游戏中魔兽争霸之地）拼杀一片天地，他也试着重构自己的现实生活。

刘晓阳的家人酷爱养宠，最多时养过30多只狗、20多只猫。而一次不慎从狗贩子处买到几只“星期狗”的经历，令他难过又愤怒。“这个行业各种不规范，狗贩子横行，商品用品都是假货，大家都纯粹为了挣钱。（我）对这个行业认识比较清楚，想改变它。”

和几个老友聊起来，大家一拍即合。

理想主义者的月亮都很大，紧紧攥在手里的还是六便士。刘晓阳的第一次创业，显然没有考虑太多：依靠微信公众号，搭建宠物行业电商模式，配以独创的“宠物早教师”训练服务，承办河南的宠物狗选美大赛……然而，郑州毕竟资本力量不够，没过多久，投资的钱就花完了，坚持了半年，宣布失败。

刘晓阳意识到，当宠物训练服务以一种可选的形式呈现时，他们的特色服务理念必然无法有效传达。这个擅长在聊天中直击对方弱点的“攻心者”，开始转换思路。

“我们提供的其实是一种美好的生活方式。我们选择养狗，其实也是在选择生活方式；我们想做的，就是把这种现在被用户当作麻烦的生活，变得简单。”刘晓阳反复强调，和带团队的风格如出一辙，他要先把用户“笼”在自己的周围，所谓“攻心为上”。

在与泽厚资本融资谈判时，刘国炜形容他有革命家气质，“他一走进来，就看见两眼冒着金星，走路就像‘闹一场革命’的人”。

不论一个理想主义者的风筝飞多远，线终究接着地平面。想要革宠物行业命的人，让一帮忠诚的追随者清晰地看到了自己所指的方向。可能是戏剧化的人生经历给他增添了神秘感，也拉长了与人之间的距离，一位刚入职两个月的女员工在与《博望志》交流时，思维从理想延伸出来，流露出类似对政治人物的崇拜，在她的语境中，自己的老板甚至已称得上是“伟大的人”。

“任何人类的变化绝对是理想主义带来的，而不是现实主义……我们能活着就好了，剩下就是干理想主义的事。”

另一种文身

文 / 刘琼宇
采访 / 刘琼宇 崔神 小肥人

世界上没有俗气的图案，只有俗气的设计师。现在文身师老去推一些自己认为好看的，是因为他惧怕设计，他惧怕改变，他习惯于传统的套路。前一阵微博上好多人骂我，后来我说，我文身1万一小时，每个月满员，你们500元一小时，现在没活干，在刷微博。为什么？有这时间去画画吧。

跟张弛聊到一半，北京的天边突然炸出一声雷，淹没了所有声音。这位ZIZI创始人顿住，倏地举起右手食指，斜指向窗外，弯起嘴角："它都跟我产生共鸣了是吗？"他提高音量，镜片后细长的双眼带着孩子般的狡黠，"那我现在要说句特别牛×的话了啊！我告儿你啊，我要成为，世界上第一个，上市公司做文身的"。

图腾

"你这衣服真好看，你这衣服真特么好看！"张弛点起一根烟，目光落在《博望志》摄影师的T恤图案上——一团无规则的曲线。

那是一件极其普通乃至破旧的白色T恤，领口完全开了线，因为洗过太多次已非常松垮，显然是不修边幅的男性随意选择的商品。

但这样的夸奖由张弛说出，却显得真诚。事实上，张弛不喜寒暄，几次见面，他都只是淡淡地指个座，没有任何客套话。而一旦聊开，他又是个令人愉快的谈话对象，除了典型东北人的幽默，还有迅速推翻他人观点的犀利。

记者问他，很多人本身并没有文身的需求吧？他马上用记者的穿戴举例反驳："怎么不是天然有需求？你这绝对是谬论！你的眼镜像豹纹一样，你就喜欢文身。身上的T恤，一切美学行为，都来源于文身。没有音乐，没有语言，没有文字，（就）已经有文身了，在人类的DNA中天生就有。我们老把文身这事儿给他框一框里边，其实所有的美都是文身，我觉得文身是最大的艺术。所有的艺术都是丫的儿子，真的是这样。”

他的前胸，文着一个日本恶鬼般若的面具。在神话中，般若生前是一个美女，因吃了太多人心遭到天谴，变成了最丑的鬼。10年前，张弛按照自己的脸型画下了这张鬼面具，恶鬼嘴里咬着两把弓箭，代表“张弛”二字。他用这个文身告诉自己，每个人的内心都有另一面，不管另一个自己如何变化，都要咬紧自己的名字，咬紧自己的信念。

而在2016年年初，他差一点丢了自己。

废物

过完年，张弛就30岁了，他发现，人生正在全线崩溃。

除夕夜，他吃了点饺子，没看电视，一个人躲在屋里跨了年。外卖一盒盒摞起，前后整整一个月，他没迈出房门一步，放肆地“享受”着一个人的世界：玩手办，写东西，打游戏，看《大败局》《海贼王》《绝命毒师》，不停地画画、画画……

很多朋友不知道出了什么事。

张弛是国内“最贵”文身师，当时服务费达到3000元/小时，常被客户请到欧洲做文身，很多运动员、明星是他的常客。2014年年底，他拿到洪泰基金天使轮投资，开始创业，似乎也风生水起。基金联合创始人盛希泰更是对他极大欣赏，带他上节目，赞他“有狼性”。

2015年4月，张弛的创业项目“Ti直播”上线。这是一个针对垂直行业的PC端教学直播网站，他邀请文身、美甲、微整形、文眉纹绣等行业的国际一线技师直播工作过程，供国内技师学习。

可是，大带宽网站的运营维护费用远超预算，天使轮的钱很快花光。一些文身教学视频因涉及行业秘密，还得罪了同行，服务器几度被黑。短短5个月后，网站就因经费断链不得不停掉。

张弛一边用积蓄给员工发工资，一边像很多创业公司CEO一样，穿上西服，混起了“融资圈”：路演、托朋友找人、加微信群、喝茶吃饭、改BP递BP……同时期大火的泛娱乐直播平台，如17、战旗、熊猫、斗鱼等，陆续吸收了大量现金流。然而，针对垂直行业的“Ti直播”却被认为是“用大炮打苍蝇”，没人愿意投钱。

对文身抱有成见的人，也不在少数。“你就回去做文身吧，你也干不了别的。”一次路演，有投资人直接甩出这么一句。

四处求人，屡屡碰壁，张弛厌恶、憋屈，但没辙。“我按原始估值，我卖给你，你给我20万元，我甚至都有那样，就为了融点钱，让公司苟活。我觉得我自己没救了，我从一个有匠心的人，变成了一个特么的废物！一个要饭的废物！”

公司内部也不平静：资金链断了，业务停了，老板又整天不见人影，很多慕张弛之名前来学习的文身师和员工，心理落差很大。他们陆陆续续地离开，最后只剩3个人。

创业彻底宣告失败。

同样在2015年，张弛的姥爷去世；相爱多年的女友，因对其创业不理解和父母不认可，2016年年初离开了他。“对我是巨大的打击，巨大的打击，毁灭性的打击……”

另一种美术

张弛来北京，源于一首歌。

那时他上高二，临近美术专业课全国联考，他在画室画画，突然听到许巍的《那一年》。17岁的张弛放下画笔，回家告诉妈妈，他不想考大学了。

张弛专业课成绩很好，但他不愿当美术老师，也不想做个打工的设计师，他想做纯艺术。“出去看一看，说不定有什么更适合我的人生机会。”

而且，读大学太奢侈了。张弛的父亲早逝，他是家里唯一的男人，四五岁时，在哈尔滨的冬天里，独自步行两站地去买毛线，供下岗的妈妈织毛衣挣钱，还陪妈妈摆摊卖过土豆丝卷饼。张弛的童年没有玩具，只能蹲在玩具柜外想象变形金刚的触感。也因为这，独立后的他酷爱收藏动漫手办，光办公室就有满满一橱。他的朋友王璐和李依霖摇着头告诉记者，那一橱只是冰山一角。

张弛从小就爱想各种点子挣钱，比如倒卖打口盘：和两个哥们儿一起，成箱成箱地按斤进货，挑出能听的，蹲在大学门口一张张地卖。张弛从小学习古典音乐，又会弹吉他，跟客人聊聊摇滚，小生意挺不赖。

16岁，他惹了个大事。那年姥姥因癌症到北京看病，留他一人看家。他想再卖点CD挣钱，谁料一个帮忙进货的男孩私吞了进货款。张弛三人去理论，被对方的哥哥带了十来个人围住。他们卸下裤子上的铁链，边打边跑。混乱中，对方一个人被张弛的哥们抡到地上，磕成内出血，不幸成为植物人。出手的男孩被判了4年，3个家庭共被判30万元赔款。这事上了当地报纸，张弛由此变成学校“一霸”。

张弛妈妈倾家荡产还清欠债，从头至尾，没责怪儿子半句。“这不是惯着我，我是为了给家里挣点钱，自己赚点零花钱，第二我是为了逃命。（小时候）特别爱打架，因为特别不能容忍别人欺负我，这个确实有性格缺失，没有爸爸就觉得没有靠山。我打架我妈从来不说我，而且告诉我，你可以把别人打坏了，但是我不允许你受伤。”

特殊的成长过程，建立起强大的自我信仰，亦催生了对人生强烈的掌控欲望。之后，张弛不顾妈妈反对，只身北漂。

2004年7月2日，张弛的姥姥病逝。他找不到出口，想为姥姥画张画，又觉得太单薄。随后他在西单碰到一个人，他说：“你文身吗？彩绘吗？我文身不错啊，文一个吧。”

在西单明珠商城一家小店里，张弛拥有了第一个文身：一句纪念姥姥的文字和“7月2日”的日期。因为怕妈妈看见，文在了后背。

这次文身花了800元钱，张弛看师傅那么好赚钱，当晚直接留下来当学徒。

但是当学徒没有收入，张弛就跑到后海的酒吧弹琴、驻唱。起初他只是夜班服务生，因为唱歌太怯场，酒吧都不要他。张弛干脆背上吉他，去公主坟地铁通道唱了两个星期，不要钱，只练胆。

接下来的一年多，他做驻唱一个月能挣上一两千，在北京活了下来。

在文身店，张弛很快崭露锋芒，被一家更大的店挖走。他一针针刻出自己的想象，美术生的表达欲一天天被喂饱、养大。他开始热衷于参加国内、国际文身大赛，甚至会为一个文身打磨半年。几年间，张弛赢回各种权威赛事冠军，超过许多资深前辈，上了很多文身杂志的封面。

在非标化严重的文身行业，获奖带来了巨大红利。张弛在圈内出名了，价钱越开越高，人也越来越“拽”，“订单无数，客户都惯着我，我要多少钱给多少钱，完了我特耍性子，今儿不想文就不文了，文一半吧唧扔那儿，就走了。我那时候特装×，而且你越装×，客户越觉得你牛×，这中国也就怪了，给我惯一身臭毛病”。

ZIZI公司HR陈涛就是在文身时认识张弛的。他要做一个右臂的花臂，本来三四十小时的活儿，因为张弛太忙，前前后后竟花去整整一年。

直到他被一个后辈当面骂作“垃圾”。

那时候他是一家文身机构的分店店长，骂他的是一名年轻技师。“我们晚上下班去唱K的时候，他还在画，我们早上打哈欠的时候，他早就来了，已经画完一张稿了。你发现有一个对手比你年轻、比你学得短，然后比你有才华，甚至比你更努力，但是他过得却很不好，你却过得比他好，只是因为你有名。你就觉得自己特恶心，特打脸。”

生意

改变从2008年大火的美剧《越狱》开始。第一批90后成年了，大家突然发现，文身并不都是《古惑仔》陈浩南的“过肩龙”，它可以很精妙，可以用来讲故事。

紧接着，滨崎步、蔡依林等艺人开始带着文身出镜，大陆一些年轻女性悄悄地尝试起小文身。也是从那年起，张弛渐渐甩掉了内心的“自卑”。因为手臂上的文身常让路人侧目，张弛从来不穿短袖，之前被问起职业时，只说做设计。

当文身被越来越多的人接受，张弛逐渐发现，这个行业在国内有些不太对劲——翻开国外的文身杂志，图案千奇百怪且很精美，而国内最常见的几乎不是龙就是大鲤鱼；在西方，文身是平常行为，可以用来记录重要的人生节点，在国内却似乎成了边缘人群的符号；在一些发达国家如德国，文身被纳入医疗体系，所有用具须严格消毒，而国内文身店的卫生状况则令人担心，文身师也没有社会保障……

2010年的一天，张弛盯着手里快过期的果粒橙：超市把它跟一个杯子绑在了一起，加价1元。

“如果你们学厨的学中餐花了5000元，我让你再加300元学面点你学不学？再加50元学雕花你学不学？”小徒弟给出了肯定的答复。

于是，成寿寺一家美发学校外，蹲点许久的张弛拦下了校长的车。“能不能给我5分钟时间？你想不想做中国第一个开文身课的学校？你不用投一分钱，我帮你赚钱。”

他还真在车里谈下了一笔不小的生意：在这所美发学校开个文身“选修班”，学费800元。冲着技多不压身，几乎所有学生都报了名，张弛瞬间积累了一笔财富。

回头看这次尝试，尽管“选修班”的教学效果未达预期，但这第一桶金不可或缺。穷日子过大的张弛，面对选择时首先考虑的一定是现实。

他很少和文身客户交朋友，也是因为交了朋友，难免要打折。“我不怕说得这么赤裸。”他希望找他文身的人，都是冲着实力，而非关系。

张弛对自己服务过的明星也闭口不谈。“文身师一旦拿着明星案例去吹牛×，我觉得你就是文身圈最low的一人，因为文身做得好是你的本分。”他甚至指名道姓地称另一个因给明星文身而广受关注的同行为“臭傻×”，并对记者强调：“你可以直接这么写，没问题。”

现实问题一旦解决了，艺术层面的追求就会重新占满张弛的心思。他想让国内消费者享受到真正高逼格的文身，于是创立了“驰文身”。

其间，贵格天使的合伙人黄斯沉从美国飞到北京，找张弛做文身。对国内外文身产业颇有了解的黄斯沉，惊讶于驰文身门店的卫生状况、用具管理之规范，对张弛的手艺也相见恨晚。黄斯沉判断，张弛的专业能力、艺术逼格是国际一线的。他鼓励张弛运用互联网渠道创业。

张弛心底模糊的冲动，被彻底点拨开了，马上着手寻求资本注入。

遇到盛希泰时，张弛没有BP，也没想好商业模式。他拿出一些文身作品的照片，“泰哥说哎哟，文身现在都可以文成这样了？”听完张弛办文身培训班的故事，盛希泰当即决定投给他，让他试试。

第几只毒螃蟹

爱美的张弛，会为了上镜一次性打60针瘦脸针。2016年春天，他却用100元淘来的推子，剃光了“欧巴头”，第一次见到了自己秃头的样子。

年后，张弛又涨价了——从每小时3000元直接涨到10000元，从“国内最贵”，变成了“世界最贵”文身师。

削了头发，脱去西装，系上围裙，握起画笔，重新坐上小座椅，拿起文身机。就在那一刻，张弛突然感觉自己“回来了”。

“从我创业开始到我的谷底，我做了很多很多事情，但唯一没做的事，就是（亲手做）文身。我因文身而开始，我不能因文身而结束啊！我想明白了，我要的是快乐，创业绝对是因为快乐、因为爱才去做的。我扎到人皮肤上的第一下，我的作品呈现出来那一刻，我感觉我张弛还活着。”

其实，张弛很早就明白自己的处境——文身这行在中国尚属早期，没有任何前辈可以参考。“我作为一个先驱者，我就吃螃蟹嘛，我吃了一个中毒了，我还得硬着头去吃，我再中毒了还得吃。但是我坚信总有一个没有毒的，我能吃到一个有机会的果实。”

他梳理了多年来的客户资料，发现70%是女性，她们做的80%的图案不超过烟盒大小。

这推导出一个颠覆性的结论：整个行业，包括他自己，都犯了错误。所有文身师都想做很大的图，认为越大越“牛掰”；所有文身师推销的风格，从来不是站在客户的角度考虑的。

张弛突然想通了，自己一直以来感受到的“不对劲”，就在这里。文身不该是给技师欣赏的微观艺术，它大多时候是呈现给5米、10米外的路人。大面积的文身通常让人一眼看不清，只会留下“牛”的印象，感受不到“美”——而后者才是文身最原始的意义。

近几年，90后、00后文身人群呈指数型增长，他预判，文身的爆发期会在2018年到来。可国内的文身市场却没有和年轻人一起成长，仍停留在老旧的画风上。

偏执狂

“我就想一直画画啊，画到死。总有一天有人会看懂我的画。那就够了。”白净的短发姑娘扬起下巴。她叫海绵，毕业于中国传媒大学美术专业。

“做自己就好了呀。最终我想到处跑一跑，饿不死自己就行。”操着西北口音的男孩聊着自己的“行游画家”梦，却又笃定地表示：“我计划要在这公司至少待5年。我的理想就是个手艺人，但我一定要把这个东西做到最好。”他叫九书，学动画出身。

“我接触的是国画，画的是佛教的东西，因为启蒙老师皈依佛门……”外表高冷的女生，却主动聊起自己的文身故事：胳膊上一组罗马数字，中间是离世父亲的生日，两边是自己和母亲的生日，象征母女俩永远陪伴父亲。她叫李依霖。

他们有个共同身份:ZIZI文身设计师。这个即将上线的互联网文身原创设计师品牌，就是张弛口中的“文身2.0时代”。张弛基于ZIZI的微信公众号开发了一款软件，设计了全新的商业模式：一端是开放的设计师入口，允许任何人注册成为文身图案设计师，打破传统文身所有套路，作品由张弛团队审稿；一端可预约文身服务，也可购买文身贴纸。

他招来八大美院的学生，告诉他们在这里可以尽情做自己，画一切想画的画，把文身从一切既定风格——欧美、日韩、new school等的框框里解放出来。他还要求所有设计师：撅断铅笔、扔掉橡皮，作画不给自己回头路，正如文身机扎下去的每一针都不可逆转一样。

“我们对自己的苛刻程度，以及对文身艺术的执念程度，必须达到一个疯狂的境界。”张弛自己画画时，只要手汗弄脏画纸擦不干净，会立刻撕掉重来。文身时他也有自己的一套：不像大多数文身师那样边琢磨、边设计，他画完稿子会看上10分钟，操作文身机时便不再看图——张弛的文身速度几乎是一些同行的三四倍。

2016年年底前，他计划办一场文身比赛，不设专家评委，全让网友投票。冠军图案可能是熊本熊，可能只是朵小花，但张弛认为，99%普通人喜欢的图案，就该是冠军。他还想去各大美术学院演讲，告诉美术生有文身师这一职业选择，“我要让我的技师开着宾利去，为什么？因为如果他看到一个行业技师开着夏利，会认为这个行业没有前景”。

张弛的生活似乎在迅速明亮起来，每天只睡四个小时的他，在朋友圈超高频率地更新着作品照片，妈妈、朋友们都觉得他像打了鸡血。其衬衫立领之间的咽喉处露出一处新文身，是罗马数字7和2。“最疼的部位”，张弛解释说，背后纪念姥姥的文身，要被新的文身盖住了，所以重新做了一个。

他把现在的自己定义为一个服务生。从不打折的他，偶尔遇到揣着积蓄求文身的学生粉丝，会干脆免费，“眼神是不会骗人的，我说哥们这样吧，两千块钱你自己留着，我给你做一个，你开心一辈子，我觉得我活着有意义”。

他的终极梦想依旧很田园：移民欧洲，开家小小的文身店。

但这都是完成商业梦想以后的事了。

书生下海

文 / 左蘅
采访 / 左蘅 小肥人 邱清月 张楠

创业前，李翔最后一份职位是《财经天下》主编。原本杂志社计划执行新项目，但“内部很多东西你就理不顺，那就出来自己做”。李翔记得自己说过一句“挺狠”的话：“要死也要死在自己手里。”

张楠说他爱人待产，家里正在装修，把这两个借口抛给了《博望志》的同事们，言下之意是，不然他一定也会花199元订阅《李翔商业内参》。2016年6月初的那一天，李翔的个人品牌终于从媒体业内大范围溢出，一度成为“内容付费”的公共标签。

创业前，李翔最后一份职位是《财经天下》主编。原本杂志社计划执行新项目，但“内部很多东西你就理不顺，那就出来自己做”。李翔记得自己说过一句“挺狠”的话：“要死也要死在自己手里。”

一开始，他反对将自己的名字冠在产品名称上，甚至当合作方罗辑思维建议其找马云语音推荐时，他也是反对的。

现在提到“冠名”，李翔笑着说还好，总得付出点什么。提到后者，他说罗振宇讲了个“送花篮”的例子，大意是：“翔总你应该这么想……开了一个饭馆，朋友们送花篮给你，你看就我一个胖子给你送好一点呢，还是多一些人给你送好一点？而且让他们送个花篮也不过分嘛！”

后来李翔直接在微信上联系马云，大意是：“马总，我现在做一个新的内容产品叫《李翔商业内参》……想请你来背书，能不能录一段语音发给我，在罗辑思维的平台上放？”

“你就直接说的‘背书’？”

“直接说的。”

三次见面，李翔都穿着简单的T恤、休闲长裤和球鞋。我们坐在罗辑思维的一间小会议室聊天。《博望志》的两位同事在见过李翔后，一个说他更像个作家，另一个说“他是好人”。

财经作家吴晓波记述了与李翔的第一次见面。当时李翔在

《经济观察报》工作不久，责任编辑方军带着他一起去见吴晓波，开玩笑地介绍："这是小了几岁的许。"

1982年出生的李翔比许小六岁，二人曾是同事，亦是老友。记者在7月傍晚的单向空间见到了许，在其看来，李翔最突出的始终是写作能力。

"你觉得他（李翔）懂商业吗？"

"他没那么懂商业吧？嗯，他不是那么懂，他也就是稍微……比懂的人会写吧，比写的人懂。"说完，许忍不住笑起来。

后来记者又问了李翔相同的问题，他笑着说："我肯定比他（许）了解。"

如今许天天看清朝历史，喜欢在下午小酌几杯。报社的很多事情他都忘记了，但他记得还是实习生的李翔说过，将来想做加缪那样的作家。

临近大学毕业，李翔把加缪的头像放上了简历封面，另两位是沃尔特·李普曼和托克维尔。三人分别是记者和小说家、专栏作家、政治学者。

几年后李翔在自序中写道："他们是我的英雄。"

超预测

与李翔第三次见面时，他说自己最近"超级忙"。他周末刚读完三本书，有两本是之前没读完的，还特别推荐那本由美国作者撰写的《超预测》。他说自己内向，不善表达，在回答很多问题时，就直接说出书中读来的故事或知识。让他具体说几个例子，他习惯性地把头扭向一边想一会儿，留给记者一个思考的后脑勺。

《李翔商业内参》的团队只有三人，杨蕾是其中一员，他们曾一同在《财经天下》共事。“李翔是写长文章著称的，如果他都愿意走这一步，我觉得我也不用再思索太多了。”她觉得这是一份体面的工作，并且不受制于公关。

李翔经常被团队中的其他两人唤作“成老师”，因为在三人的内部群里，李翔的昵称是“累成狗”。他每天八九点起床，看书、喝咖啡；然后十点半到办公室，“看各种东西”；下午两点团队开会，到四五点的时候文字版内容就基本确定下来。

杨蕾告诉《博望志》，李翔的藏书有三四千册，还是扔了很多以后的数量。他每天都要看两三个小时的书，“办公室也看，在家也看，出差在车上也看”。

现在《李翔商业内参》的订阅数是6万多，显然，其核心竞争力是李翔的点评。杨蕾说李翔的记忆力很好，开会时，三人贡献出各自整理的知识点，李翔可据此联想到很多事情，比如某个大佬的作风、性格或者决策，“他把这些东西都串起来”。

焦虑是常态。7月8日，李翔在朋友圈上传了一张暴漫机器猫发飙的图片，图说为“啊啊啊#已自动划入情绪不稳定高危人群，行人躲避”。

“跟罗辑思维一开会，就怕吵起来。他们每次都说，你别急，别急啊。我老是说话声音很大，语速很快，就觉得一大堆事要做。”让他焦虑的多是产品上的一些细枝末节。

他还发现自己的讲话风格变得“很直接”。比如一个朋友跟他说有个创业公司想找自己做合伙人，又说根本不了解那个人和对方的公司。李翔不客气地说：“如果那个创始人想找你，想找一个合伙人级别的话，他一定是找一个跟他一起探索这条路的人。但是……你的定位就是别人提供一个特别现成的东西，然后你就融入里面，还指望着享受合伙人的待遇，世上哪有这么好的事？”

他还会在周末参加“混沌产品进化营”。在听了一场产品经理们的分享后，他说自己被吓到了，“聪明人太多”。

《李翔商业内参》上线不久，盗版就出现了。“我对盗版的感觉就是挺好玩，没觉得特别严重。包括我在阿里的朋友还说，你这事能成啊，这么快就有盗版了……盗版本身是一个效率比较低的方式，如果你提供的（产品）是帮助人提高效率的话，很多人会接受这个。”

换言之，不接受付费而忍受低效者，则不是目标用户。

他也不着急考虑来年的订阅量。“现在最重要的任务是内容本身的迭代……《超预测》里面也提到，什么样的人会成为超级预测的人？不断地调整，永远的Beta版。”

流动的盛宴

大约在2000年，新闻系学生李翔在图书馆一堆泛黄的书籍中发现了大卫·哈伯斯塔姆的那本《掌权者》。这本书展现了20世纪美国新闻业黄金期的诸多美妙乃至巅峰，对当时的李翔而言，那是梦幻般的新闻帝国，那种梦幻感，其至今都没有彻底摆脱。

2003年，李翔在《经济观察报》开始了半年的实习生涯，在财经部做市场与金融报道，跑上市公司新闻。李翔习惯打开“大智慧”看公告，如果感兴趣的公司发生了监管层变更、重组等事项，他就给董秘打电话。“这个成就感不强，你很难深入了解一家公司。”大部分时候，回应都不及时，并且很多回应是“一切以公告为准”。

李翔买来《财经》杂志的那本《黑幕与陷阱》，讲“他们做银广厦、蓝田、顾雏军，那个倒是能学到很多东西。（但）坦白讲我对大部分金融报道不感兴趣”。

“我实习的时候打篮球，其实它是一个比较好的社交方式。”李翔笑了笑，通过打篮球，他认识了《经济观察报》评论部主任何军。

临近毕业，他给何军发短信，说自己正在找工作，询问是否可以去其负责的《观察家》版面。

李翔回忆第一次经过何军办公室门口，看见门上贴着一张手写的纸条："努力写出下一个真实的句子。"这让他感动。他看过海明威的《流动的盛宴》，但之后才知道那句话是当时的主笔许抄写下来的。

2004年5月，李翔加入《经济观察报》，"真正的教育正是从此开始"。"我不是要年纪轻轻就非得评论，评论部不是只做评论，也做报道，主要是偏向学者、思想领袖的，（也包括）文化圈、学术（界）。"

当年，因为"宏大叙事"以及类似英文中"华丽的长复句"笔法，很多人都说李翔跟许很像。在李翔于2009年出版的那本《共和国记忆60年》中，仍可瞥见类似风格。今天看来，甚至发型都像。记者半开玩笑地问有没有模仿？李翔笑着摇摇头："这是天生的，自然卷。"

那时候报社内部流传着一句话，大意是"三天不读书赶不上许"。记者把这话重复了一遍，许抬头飘来一句："他们读三天也赶不上啊！"

李翔记得许"看很多书，带动了一批人，不然吃饭的时候都没得聊。那段时间我们共事的很多人都这样，阅读量非常非常大"。

很多人从许洋洋洒洒的评论中读出了《纽约时报》的味道。其实不只他，此时《经济观察报》的一帮同事秉持着实验精神，都在向外学习。比如编辑于威受美国著名电视记者比尔·莫耶斯的系列访问《美国心灵》启发，想到开辟名为《中国心灵》的栏目，于是李翔采访了袁伟时、谢泳、许纪霖、崔卫平、展江……栏目后来改为《个人历史》——《纽约客》上的同名专栏，这期间，李翔又采访了童话大王郑渊洁等人。

“在人群中找出那些最聪明的人，然后同他们交谈。”

23岁的李翔，每个月已经可以赚10000多元钱了。

猎奇之旅

在《经济观察报》期间，李翔有过一次短暂出走。

2005年夏天，许离职。而早在几个月前的一次会议中，他就被“气氛中的官腔、不诚恳所激怒了”。他在博客中记述了“实验精神”的丧失和“官僚主义”的兴起，也不惮点名道姓地批评。

“没有意识到周围的变化，也不会表达自己的不满。”在一本书的序言中，李翔提到这一次离开，只说“是争吵，是愤而起身，是不容商量地拂袖而去”。后来，他们都被《生活》雇用了。

《生活》杂志的创刊号主题是“中国工厂”。李翔去了温州、长春、东莞以及深圳，第一次感受到来自制造业的冲击，却没有深入发掘其中的故事。几年后，他看到前《华尔街日报》记者张彤禾的那本《工厂女孩》，才知道“这就是被我错过的题材”。

后来，于威任《东方企业家》主编，李翔随后成为这本杂志的高级记者，仍然做了很多“观念制造者”的访问，比如经济学家张五常，但从那时起，李翔开始真正理解商业。

回望在《经济观察报》的第一段日子，李翔觉得自己“全身心地投入到对知识的热爱中，同时对商业表现出不屑一顾的神情”。而当重新回到这家报社时，正是他“对商业的热情日益高涨的时期”。他“怀着巨大的期望列出了一份商人的访问名单，希望自己能够用一到两年时间来完成这个计划，彻底满足自己对商业和商人的好奇心”。

2009年，27岁的李翔出版了《商业领袖访谈录》，是其前些年访问商界人士的结集，包括马云、宗庆后、郭台铭、王石、史玉柱、李开复、俞敏洪……在那些文章中，吴晓波看到了这个比他还腼腆的年轻人已然具备跟知名者对话的从容与镇定。他喜欢文章中的对话，“宛如看人当街对弈”。

2011年，李翔任《彭博商业周刊》中文版常务副主编，许是这家杂志的主笔，后任执行主编。就在那时，许意识到李翔的成长。

许捏着手中装着冰块的玻璃杯，想了想说：“我们的很多判断开始出现不太一样的地方。可能我跟他们不太一样，因为本来我对商业世界没那么大兴趣嘛，我当然希望（彭博）商业周刊更有知识分子趣味了。”李翔则认为商业杂志的核心应该对准商业世界以及身处其中的人。

再后来李翔在《第一财经周刊》待了半年，是唯一的特稿记者。为了采访宋卫平，他试图通过宋卫平身边的人联系，但没什么用，然后晚上直接给宋卫平发了条短信，对方马上就回复了。

在此之前李翔没有跑过房地产行业，但“互联网时代有什么东西搞不懂呢？……我做一个采访之前，基本把所有写他的东西都会看一遍的。因为只有这样才能保证有一个独特的东西在里面”。

“不懂的就不用写了。”他笑着说，“（采访过程中）还是要坦诚嘛，不知道就不知道。大部分人还是很好的。”

2012年，30岁的李翔任《时尚先生》中文版执行主编。回望当年，李翔的感受是“好玩儿”，尽管当时几乎所有的朋友都反对他去。“许一直认为我堕落了，”李翔笑着说，“他是特别特别反对的……按照他的话说，是我的虚荣心蒙蔽了判断力。”

如今往事重提，许倒觉得在时尚杂志的经历是可以尝试的，因为“没有更好的地方可以去呀。那时候有段时间，只有时尚杂志可以收容一些可以比较深入写作和思考的人呐……是中国媒体的悲哀”。

在李翔之前，《时尚先生》执行主编空缺过一段时间，其实《GQ》中文版创刊的时候也找过他，他当时的反应是“哪只眼睛看我觉得合适啊？”后来他见了时尚传媒集团的刘江、瘦马和苏芒。

李翔记得刘江和瘦马不断地抛出各种问题，比如你能给这个杂志带来什么东西？哪些地方需要改变？“当时我的回答应该是：能不能把所谓生活方式之外的东西带到这本杂志里面？类似商业的东西、报道，能不能加入到里边，让它变得更有影响力嘛。”

他也是这么做的。看看2013年《时尚先生》的几个封面就知道了，4月刊封面人物为吴敬琏、柳传志和马云，标题是《商业的意义：市场的群星闪耀时》；8月刊封面则是秦晖和陈丹青，名曰《观念特辑》；10月是杂志八十周年纪念刊，随机封面分别是来自8个国家的12位当代大师，包括马里奥·巴尔加斯·略萨、安藤忠雄、伍迪·艾伦、保罗·奥斯特、史景迁、迈克尔·翁达杰等。

在杂志工作的经历显然训练了李翔的思维。“商业周刊做封面的一个特质，他们的设计总监和主编会揪住一个点把它放大，放大了冲击的效果。包括后来在《时尚先生》……美国那个主编也是这么说的……要做深度特写当然很好、很重要，但是前提在于杂志要卖给读者，怎么卖？当然拍明星了，谁受欢迎我就拍谁。”

在旁人看来，李翔的人缘一直不错。他笑着说关系不好的你没看到。离开《时尚先生》后，他听前同事夸自己厉害，因为对方觉得他当初很快“理顺了关系”，“换成了自己的人”，“非常有心机和手腕”。李翔说自己完全是无意的，出发点只是把事情做好，但“每个人看问题的角度是不一样的”。

工作中难免得罪人。遇到类似情况时，他会直接告诉对方。

李翔记得马云说过一句话：“心越善，刀越快。”

商业心灵

早些时候，有人问李翔跟罗振宇是什么关系，李翔回答："盲目信任的关系。"

两人2005年就认识了，但也只是认识。直到2015年李翔帮罗振宇策划了跨年演讲，二人才熟悉起来。

李翔说跟罗振宇合作的一个重要原因是，后者开出的条件无法拒绝，罗振宇预付了一笔钱，算是预售保底。"一个天使投资的规模，几百万吧。"李翔说，"第二个，经验和时间的投入……每天坐在这跟你开会、磨产品……借办公室给我呀，提供法务财务的支持啊。至少当时，我认为换了任何一个人都不会拒绝的。"

在《经济观察报》写完文章后，李翔会收到各种反馈。2009年，沙钢集团第一次入选世界500强，他采访了沙钢集团董事长沈文荣。稿子出来后，一些钢铁行业的人托话说看了文章，写得很好。"那时候还会有这种东西的。"他说。

事隔经年，他再次有类似感受。尽管打开率回落，但《李翔商业内参》后台的留言数让李翔惊讶。一天，他们推送了关于"工匠"的内容，后台收到一则消息："说到工匠，两天前我参观了一家剧装厂。往远说，他们制作了（19）87年《红楼梦》的服装，往近说，制作了《琅琊榜》的服装。是不是很牛？是很牛，纯手工传统工艺，非遗传承人，都是60岁上下的匠人。但很遗憾，后继无人。因为他们处于价值链最低端，年收入不到3万，学徒至少5年才出来，没有年轻人愿意做。所以对于这样的老传统手艺，如何市场化运作（显然老人们做不来），让手艺能够赚到钱，变得非常重要。现在很多人推崇产品至上，没有错，但绝不能认为有好产品就一定有好市场，这种思维也会害死匠人。”

他把消息分享到朋友圈，并说这是“很好的特稿题目”。很快，就有三家媒体记者打来电话。

在李翔的写作中，你可以发现很多西方记者和作家的影子，除了大卫·哈伯斯塔姆，还有盖·特立斯、荣·切尔诺、迈克尔·刘易斯、格拉德威尔以及出现在他朋友圈背景图上的E.B.怀特。

尽管从他们那里收获了常识、知识、文明以及技巧，但李翔说自己在某一时间段后，就对采访外国人不那么感兴趣了。“毕竟是中国人嘛……我觉得你很难去了解人家。”如果还做记者，他说最想采访的是马化腾和张小龙，以及著有《天朝的崩溃》一书的茅海建。

很多时候，反而在文章之外，你才发觉李翔是个80后。比如他刚看完美剧《硅谷》，他最喜欢的美剧是《行尸走肉》。

李翔爱猫，常“托猫言志”。比如拍一张猫咪站在玻璃窗前的背影，解说：俯视CBD的成功幻觉也无法消除深深的焦虑感啊；拍一张猫将整个身体耷拉在桌角的图片，配文：书看不完太焦虑……

2016年，许主持了一档视频节目《十三邀》，罗振宇是首期嘉宾。李翔看完视频后，给许发了条微信：我发现你这么多年没什么变化。许回复：你的意思是没什么进步吗？“我说没有啊，我的意思是你的内心世界没有发生溃败，做到也挺难的。”许回复了一个“可爱”的表情。

许也觉得李翔没什么变化，他们都是“活在书本和抽象世界里的人”，依然喜欢约在路边摊撸串儿，谈书籍和理念，他也会听李翔说一些商业八卦。只是对李翔现在做的事情，许觉得“偏离了一些”。

李翔说，最近每次见面，许都建议他“去写一本（关于）阿里巴巴和马云的书”。

最近一次见面，他们聊到《李翔商业内参》。在许看来，这份工作会带给写作者压力和伤害，“他会觉得对他有很多的启发呀、感受啊，包括罗振宇所提倡的这种方式呀，跟读者的关系呀，但我是不太信任这种东西的，我觉得这种东西对一个作家来讲是没有什么意义的，甚至是不好的意义”。

“他清楚自己要付出什么。”记者说。

“有那么清楚吗？”许反问，“可能我对他本来的期望，（希望）他成为更丰富的一个（作家），商业只是一部分而已。这个东西我不知道将来是不是会发生……我可能有时候是希望他更飞翔一下吧。”

一对一

高晓松：
知识分子呼吁“德赛先生”一世纪，
互联网全做到了

文 / 邱清月
自述 / 高晓松

高晓松在创作者、制作人、导演、脱口秀主持人后面又加了一个新头衔：音乐集团董事长。

他的艺术家人生轨迹到这里突然转了一个弯。一般来说，搞艺术的人会清高，高晓松变换角色就职阿里音乐，与马云合作，对他而言，饭要吃，但要优雅地吃。

高晓松见证了音乐圈的各种起伏：唱片、CD没落，互联网音乐蚕食市场，再到版权规则确立。现在，他不但搭上了互联网的快车，自己还做了回司机。甲方与乙方身份对调，加上几十年圈内人的经验，他摸清了浑水下的一些规律。如此，筹备阿里星球的目的——“帮助别人”的老大哥心理，显得颇具诚意。

阿里星球是一个新平台，它不仅满足用户互动狂欢，也把词曲创作、演出商、广告商等专业人士汇聚在一起。高晓松和这么多大牌唱片公司、当红明星谈合作，自然是忙得脚不沾地。

博望志：看起来要处理的事情很多啊，你最近是不是特别忙？

高晓松：我前天在杭州，昨天在上海，都是在公司。公司有200多人在杭州，100多人在上海，60多人在北京，还有一部分在洛杉矶。我是四个地儿来回飞，宋柯更是，但是海外的是由我直接负责。因为你总得一视同仁，（不然）员工会说，你不重视我们，你老在那边俩地儿待着，所以宋柯就基本上会仨地儿轮着跑，每个地儿待一礼拜。

博望志：你负责哪部分偏多？

高晓松：创业期（我）就是什么都得干，大到对外融资，小到去一个产品部门给人讲一首歌是怎么诞生的等等，我都得管。我们俩也不分什么，就是什么都干，管理主要都他（宋柯）管。

博望志：你之前说创业公司“997”是常态（注：早九点晚九点一周七天的工作时间），有那么夸张吗？

高晓松：最近（工作压力）更夸张，因为4月15日公测了阿里星球，任何一个复杂的平台、APP上线公测，都有很多问题要解决。技术团队、运营团队从4月15日，已经差不多有半个多月的时间都没回过家，不只是997，直接睡公司了。

但IT企业都这样，当你开发新产品上线的时候，全都这样，不光是我们是这样，人人都这样。

博望志：《晓说》和《晓松奇谈》看起来信息量也挺大啊？需要准备的多吗？

高晓松：（脱口秀）我只聊我懂的，所以就让人觉得我什么都懂。如果是个访谈节目，就露馅了，人家问你，你不知道。就像没人点菜，你永远是好厨师，一有人点菜你就瞎了，最后点一西红柿炒鸡蛋，你说，呦，这我倒不会。人家说你随便做吧，你做什么我们吃什么，那我就轻松了。

再说了，《晓说》也不是变戏法变的，不也是坐那一期一期聊（出来）的么？有时候一想，都已经说了260多期了，我的天哪，快四年，一大学（的时间）出来了都。

博望志：入职之后可能工作压力太大，不太适应的话你有想过吗？

高晓松：我其实还算是个勤奋的人，只不过是阶段性地勤奋，就让人觉着你好像没有数十年如一日。我是勤奋地干一阵子，然后停下来，转一转，想一想。但是这回我不知道（要）到什么时候，感觉上可能还得有一段儿，两三年？但是好多人都跟我说，上市了就不干了。哎，最后我看这帮人还是整天……老马比我还忙呢！没个头儿。

博望志：互联网公司跟唱片公司的忙法是不同的。

高晓松：唱片公司是有活儿的时候大家就忙，不是天天都忙。互联网公司七天每一个24小时都会有人来，所以你就没办法说：干完一票歇会儿，再等着干下一票。

如果我能在这儿（阿里音乐）干得轻松一点，那说明我成功了。但我永远要这样（累），那说明我没智慧。现在刚开始，一个一间房都没有的星球，你跑到这么一个星球上来，得从第一间房开始干，一个一个人去谈。基本上，宋柯谈国内的，我谈海外的，（让）那么多人来入驻这个星球。

我们俩不知道都说过多少遍（这一套话）了，宋柯可能说过500遍，我可能说过200遍，我拿英文说，也说了好几百遍了，见人就说。

博望志：这么多公司，一家一家地去聊？

高晓松：没办法了，当然也不是什么都要我们去聊。但是去索尼、华纳，总不能派下边的人去聊。CAA、BMG这级别的，世界级的公司，以及那种当红明星、鲜肉和海外影响最大的20多个明星，先后都入驻，这没办法让别人去聊，只有你自己去。别人去，人家都不（跟你）聊。你只有自己去，人才觉得，哦！董事长来了，那我跟你好好聊聊。

因为你说一大篇，口沫横飞，人家也是来帮你的，你说未来我能帮你干这个、这个、这个，刚上线一东西，DAU就那么点儿，流量就那么点，一天就这么点儿人来，人家这么大明星，可不来帮你了么!

这星球上聚集的人，目的都不一样，有的想卖东西，有的是要交朋友，有的是要推广自己，有的是要把粉丝聚集起来，所以他不是能标准化的服务。

互联网产品比较害怕的就是没法标准化，所以当你要这样服务的时候，你得强运营，你有什么需求，我帮你。我们已经有很大优势，有很强大的大数据，你总不能看一大堆没用的大数据吧？你得说我想看的是这个维度，那我就帮你把这个维度捋清楚，做出来。

博望志：粉丝在星球里面到底起了什么作用？

高晓松：过去，粉丝是在（音乐）产业的最底端，也是在食物链的最底端，这是我最讨厌的一件事儿。

我入行20多年，最烦的一件事儿就是，明明粉丝是最强的驱动力，但是却被屏蔽在行业之外。（唱片公司）大多数人都不喜欢这个明星，然后这公司里的员工说："擦，老板干吗签他啊，有毛病啊。"

结果一个不喜欢这个明星的人，生产了一个东西，卖给爱他（明星）的人，这不是拧巴了么？这明星说要录一唱片，这哥们儿打几个电话找人，一共找来五首歌，用了三首，这是什么筛选率？如果让粉丝替你挑歌，粉丝能听200万首歌。

所以我们就（把）200万首歌搬到这儿来，（BMG是）世界上最大的版权代理公司，代理15万作者，（里面）还包括80多个得过格莱美奖的，把（其中）未发表的歌都弄来。过去（唱片）公司里员工没有一个听过这200多万首歌，他也没那技术，但是我们有这技术，我们有大数据能分析。一个一线偶像的粉丝们，一天就把这200万首歌听完，20多万粉丝，一人只需要听8首歌，就可以TAG这首歌，或者评论这首歌，然后（我们）用数据抓取就能浮上来了，就顶上来了。

这多好啊，粉丝们愿意，以前粉丝们只有一个机会就是买，买买买，你把粉丝放在食物链最底端，食物链的上边，坐着一帮老爷，所以我这个平台根本性的是要把粉丝放到头部去，由粉丝来驱动，由粉丝来选择。

博望志：目前阿里星球的范围能覆盖到哪？把线下产业搬到线上吗？

高晓松：对海外的吸引力也很大，首先一个是中国的市场，大家说弄好了，继续推广到美国。我说那咱们就慢慢来吧，因为通常做这个东西都是创业公司，好莱坞的大机构特别不愿意用新技术去瓦解他原有的体系。

再加上好莱坞年头有点久，没有owner，六大studio，三个大唱片公司，没有老板，因为老板都死了。只有一些职业经理人，这些人都是60多岁的人，是一步一步爬上来的。所以在美国就没听说过年轻人去好莱坞创业的，都是去硅谷创业。名校毕业到好莱坞，也得先倒两年咖啡，轮不到你，因为没有人向你开放任何数据跟关系，所以你没有任何能力去创业。

未来就可以了，只要有想法，你在星球上就可以创业了。这行业，就从只有老人能玩，变成大家都能玩。

好莱坞一帮60多岁的人坐那，拍板说："这个，年轻人一定会喜欢。"

你怎么知道年轻人一定会喜欢啊？就你们这几个六十几岁的人？

所以他们（美国人）看了，也很受吸引，但是一般人做不起来，因为没有大数据。

所以没有人干起来这事儿，第一就是因为这个（大数据）。

目前像阿里有这种级别大数据的公司很少。每个人都用支付宝，我们知道你的经济状况，买什么东西，我们送货，菜鸟，就知道你住哪儿，你一年搬几回家，你住多贵的房子。

博望志：阿里星球这个产品当初是怎么设想的?

高晓松：这是我跟宋柯对这个行业的基本认识，欧美是乐迷多、人迷少，东亚是人迷多、乐迷少。所以欧美可以做到为音乐付费，但是在国内，让粉丝为音乐付费，8元他都不干，（但是）你让他为偶像，8000元他也买。所以国情如此，作为公司，肯定先切入最重要的这一块儿。

听音乐这个动作太过简单，我从好莱坞到中国，到处给人讲的一个故事，就叫“拉屎有五个步骤”。所以优化其中两个，比如说洗屁股，（加上）还能烘干，把这两个优化了，你发财了。因为五个步骤中，你抓住两个，并用新技术把他优化了。

（但是）听音乐就一个步骤，一按，听了。所以你（能）有什么新技术？让我左耳朵听一首歌，右耳朵同时听另一首歌，提高效率么？不可能吧？能让我买一个20元的破耳机，听起来像带着Beats一样的音质，可能么？

播放器的玩法，太过简单。播放器是五子棋，你走了仨，我就拿一子儿堵你，我看索尼华纳你都拿了，那我就把环球拿了，这不是很简单的逻辑么，那还需要我跟宋柯么？

我们就把（虾米音乐）播放器放在这儿，好好维护，跟版权方合作好，服务好用户，就完了。再拓展的话，你就得下围棋，不能下这么简单的五子棋了，下围棋——就是星球。

星球就是一个复杂的、很庞大的（产品），但是这块儿正好没有互联网+，播放器都已经很成熟了。说实在的，就我们五家播放器加一起的产值，我猜可能也就占音乐产业的1%吧，那你说我们、BAT，大家在一个1%的角落里，拼得跟血葫芦似的？

所以这么一算账，你说天天跟腾讯去拼，他涨一亿，你涨两亿。这点儿钱拿到这边来，哇，整个行业都兴旺起来了，蓬勃起来了，能插上互联网翅膀了，那干吗不干这事儿呢？我们如果跟腾讯拼死了掐，那不就双输么？要是放了血，唱片公司能写出好歌来，也行。这几年我们给出这么多版权费，也没看到唱片公司生产出更多好歌来。

因为生产靠的是星球这样的平台，而不是靠播放器倒推。

生产好歌的不是唱片公司，而是人。不是唱片公司多收了两个亿，就能生产出好歌来。而是让这些人，他们有更好的收入，更多的机会，这样才能生产出更多好歌来。

从商业角度讲，要做星球；从理想角度讲，也要做星球。得帮帮大家，让那些流失到IT公司、房地产公司的那些十年没弹琴的音乐人才，还能有理想，还能想起来，再回到这儿。

博望志：在此之前，一个普通人要当歌手要走怎样的路径？

高晓松：要敲五个门，就是五家唱片公司的门，敲完了，没人理。（有人）在电梯里堵我："高老师，这是我写的，你听听。"然后我就给助理，我说你先听听，给我讲讲。助理没有一次说好听的，因为他如果有那素质他就不做你助理了。

所以（歌手们）几乎没机会。有一次我在星光天地看年轻乐队演出，我一看这琴挺好，音乐行业的成本是很大的，一把好琴好几万呢。我看这些孩子的琴挺好的，就问他们靠什么生活。（他们）说家里有钱，娘有钱吃娘，娘没钱，找个富二代女朋友，就这么生存呗。找不到富二代怎么办？找工作呗，所以（人才）就流失掉了。

我们两个的产业理想就是，先把人聚起来，让大家有活儿干，能经营下去。然后，用大家的智慧，诞生一些新的产业角色，或者链条环节。比如说我们开放200万首未发表的新歌，是不是会诞生一些新的服务项目，比如：我替你听歌、选歌。

过去你到制作部里，制作部让你听20首歌，给你挑10首。我帮你听一万首歌，万一选到两首呢，那我是不是应该有20%的收入呢？因为现在歌曲有版权费了么，那就可能带动新的产业环节。

说实在的，老马也没想到，后来淘宝能玩那么大，那么多花样来。与时俱进，（淘宝）既然玩这么大，那咱们上边再弄一天猫，把一部分的店升级到天猫。完了以后，老马说，哎呀，还有的可玩，支付宝可以玩。因为大家不信别人啊，我没见过你，我把钱先给你了，这怎么办啊。结果支付宝现在玩成一个巨大的东西。

我们也一样，用数据先服务大家，大家用数据在上面经营的时候，会给我们带来更多的数据，可能看到更多的机会。所以这个平台先把它做成大而全，然后有些环节可能未来就会被淘汰掉，淘汰掉就淘汰掉了。

最后会发现很多方向，那我们可能把一些方向垂直做下去，另一些方向放弃掉。但是现在先以这么庞大的（规模）来做，所以我说没人做这事儿，因为不挣钱。

博望志：传统唱片行业可以在互联网时代继续保留吗？两者有差别吗？

高晓松：塑造一个巨星，需要强大的资源。传播宣发上，互联网也是有天花板的，如果没天花板，就不需要湖南卫视了。互联网捧红的人和湖南卫视捧红的人，不是一个级别的。

湖南卫视捧红的人，十周，这个人就能到80万至100万的出场费（级别）了；互联网捧红的人，一年的时间，可能只能到5万块钱（级别）。这就是网红和明星的差别，中间还差一个阶梯。

但是我相信，未来有可能互联网分层，把最后这一公里也走到。但是现在还做不到，互联网做不了Michael Jackson，因为那个成本，互联网没法负担，（比如）一场演出要80辆大集装箱车，这些都需要大机构。

（通过互联网）可以在YY上给一个女主播献花，但永远不可能让这女主播成为一个巨星。所以我们是这样一个平台：就是说（到了）YY、9158的天花板，就得来星球了。

实际上我们没做星球之前，她们也找我来，说“我一年挣挺多钱，可我还是个女主播啊，我想当一个堂堂正正的艺人，我不想脑袋上永远扣一个女主播，说‘哎呀大家好，给我送点花儿’，我老觉得我low”。

每个人都想当歌手，堂堂正正地站在那儿，领一尊格莱美奖，或领一尊奥斯卡奖。没有一个人说我没这理想，这辈子就想当网红，那是没有的。

所以那个天花板一碰到，就来找我们了。我们做了星球，就跑星球来了嘛。你从网红那儿挣的钱，献花挣的钱，再正儿八经地做出一首歌来。唱片公司看见你了，再签唱片公司，就再上一个台阶，基本上是这样一个往上走的食物链。

每一个平台都有各自的属性，纵向全的是做不成的，横向全的是容易的。纵向全的指——想从YY，然后一直到做成Michael Jackson都在一个（平台），那是不可能的。因为大家有一个边际环境的问题，就我不愿意跟那些人在一起。

为什么我愿意去这样的平台呢？我一看，哦，这几个老家伙跟我差不多，那我愿意跟这几个老家伙一块儿玩儿去。哎，我一瞅仨网红？那老狼绝对不会去，是不是？老狼说，擦，你丫给我多少钱我也不去啊，你别说给我献花，我不去。

纵向平台的性质是要分得很开的，大家不愿意去同一个广场玩儿，我愿意晋升到下一个广场去，我愿意跟你们在一起玩，然后我再到一个台阶。所以星球是处在中间的一个平台，你甭管从哪儿出来的，只要你想当一个正儿八经的艺人，而你又没有到唱片公司真的要签你的地步，那你就到这儿来，所有的唱片公司都在这儿，你在这儿展示自己，买买歌，录录音，唱唱歌，有粉丝，弄一弄，然后再上一台阶。

博望志：之前是不是还是有知识分子的身份卡着，对商业的事是带点清高的态度么？

高晓松：以前我没把互联网当商业，我把互联网当成革命。我一直对互联网是很敬仰的。互联网确实极大地促进了社会的（进步），作为一个知识分子，我当然愿意看到社会的进步，脱离愚昧，脱离固化。传统精英操控的模式，被互联网打破了，大家更自由，更平等。

从前，这国家2000年来的改变都是从上边开始，这回是从民间就这么潜移默化的，从1919年开始呼唤德先生、赛先生，呼唤了正好快100年了。互联网来了，用短短的这么十几年的时间，科学、民主、自由，所有这些东西都深入人心。

博望志：这些精英都去互联网了，对文化的传递有损害么？

高晓松：所有的社会进步都是削减精英，（趋向）平民化，这不就是社会进步吗？社会进步的第一标志，就是打破阶级。当然了，可能有一些精英是很反感，但我觉得，一个真正的精英应该欢迎消灭精英，因为那才是社会的进步。

博望志：所以在这个时代，大师减少跟消灭精英的关系很大？

高晓松：当然这是有关系的，你看到千百万人都在写作吧，在晋江文学上。过去，虽然精英写出过《红楼梦》，但是一年才产50本书，现在一年可以做这么多东西。而且我觉得下一阶段也还是会有大师，还是会有精英，只不过就不以以前的阶级这么划分了，互联网已经把这个东西都消解了。

刚有手机的时候，精英拿的都是什么手机，是Vertu，那时候十几万一台吧。现在你看拿Vertu的全拿苹果了。我觉得乔布斯是最伟大的，就是说你甭管多精英你也得用苹果，即使它便宜，不符合你的身份。

所以我觉得，平等、自由、削减固化阶级，是每一个知识分子都很愿意看到的社会进步。知识分子呼吁了百年，也没做到，然后人家（互联网）都给做到了，这个是你不得不佩服的。

张弛：
何必为了一个浪潮，毁了自己的理想？

整理 / 刘琼宇
口述 / 张弛

前不久，张弛因为客户发的一条微博遭到不少网友言语攻击——1万元一小时的文身价格，显然超出了大多数人的理解范围。

张弛前30年的人生轨迹，一直游离在“大多数”之外。没有玩具的穷困童年里，他早早成熟，争强好胜。艺考临近，他放弃高考，独自北漂，靠唱歌养活自己，练熟了文身手艺。23岁，拿下文身大奖，成名、富有。内心的膨胀让他走上创业路，几年间却屡屡失败。

与他聊天，会对其“口出狂言”印象深刻。这位ZIZI创始人毫不遮掩地抖出文身行业的灰色地带，更不惮以极端的言语讥讽某些同行。他的观点无一不带有鲜明的爱憎倾向，让对话者不得不去质疑、再质疑。但一个不得不承认的事实是，他重塑文身行业的尝试，已经拥有一批笃信者和追随者，就像他的天价服务也从不缺人买单一样。

博望志：客户说想做个什么文身，你会干预吗？

张弛：以前会的，以前来个女孩想文一个蝴蝶，我能给她聊完最后文一大鲤鱼走了。这是一种销售技巧，哎呀，你这个腿不是很细，你要文小蝴蝶显得腿有点粗，要文一个很长很大的图案，看起来腿很修长。你有各种套路去套路她，消费者都是小白嘛，本来是800元一个图，做完8000元走了。

凡是使劲推销的产品绝对是不好的。你去饭店他推销给你的永远是凉菜，对吧？你说：哎，有什么主推菜吗？我们家这个拌木耳不错。废话，那玩意儿成本两毛钱，可不是不错嘛，你卖30元！

文身行业就是个看脸要价的行业，比如客人来之前会问他：你需要停车的地方吗？他说不，我打车来。OK，那一定没钱。然后上来一看穿着呀、手表呀、言谈举止啊，而且我们会分析他的朋友圈，都可以看出他的消费能力。一个图从5000元到5万元的浮动，就看他那些个（特征）。这个行业一直是这样，很黑暗，跟曾经的整形行业一样。

在行业黑暗期是最赚钱的。10年前一个电脑能卖2万多，对不对？文身也一样，所以我现在做品牌也好，做我新的互联网+文身的生意也好，我想做一个新的2.0时代。

博望志：如果是客户自己的文身诉求不好看呢？

张弛：我认为世界上没有俗气的图案，只有俗气的设计师。现在文身师老去推一些自己认为好看的，是因为他惧怕设计、惧怕改变，他习惯于传统的套路，日式、欧式、new school、图腾，因为轻车熟路嘛，师父就是这么教的。

像您刚说的这一点，一个客户的诉求你认为不美，只能证明你的专业技能不牛×。我来做一个蝴蝶，蝴蝶特俗，你为什么设计不出来不俗的蝴蝶呢？你扪心自问，是你设计能力太缺陷。

前一阵微博好多人骂我。我一个客户文一骷髅嘛，1万元，发了朋友圈，说找了中国最牛的文身大师做了个作品，给你们看帅不帅。底下网友评论多少钱，他回复1万元，然后就炸了。很多二线城市就开始转我的作品说，你看看文身都这个价了，你们还在跟我讲价！他们拿我这个事开始疯传。完了好多水军喷我，说你特么这是骗啊！

博望志：是有人在攻击你，还是偶然出现？

张弛：最近大量文身师开始攻击我，因为确实我价格（世界）最高。但我一直觉得，花400元买假A货爱马仕的人，永远会骂买真爱马仕的人傻。对吧？那女的花4万元买的包，你看我400元（买的）跟她一样。这就是消费心理。但是，花4万元买包的人绝对不会骂你，她绝对不会瞧不起你。只有穷人才会瞧不起富人。

后来我说，你替我在微博回一句话：我1万元一小时，每个月满员，你们500元一小时，现在没有活干，在刷微博。为什么？有这时间去画画吧。这是我唯一留下的话。我1万元一小时也好，10亿元一小时也好，我的消费者认为值得就值得。

我这人心态特别好，我要气早气死了，因为这行傻×太多了，都是盲流子。90%的文身师没学过美术，半路出家，而且看不得别人好，尤其是同行。郭德纲每个相声里边都在糟蹋同行，对不对？我跟郭老师一样，我为什么不做平台了，以前还有文身圈这种软件，帮他们拉订单，他就觉得你好像在他们身上挣多少钱似的。不干这事儿了，自己做大做强，给他们全干死。

真的，这句话虽然难听，我把这帮傻子全干死，才能给消费者最好的服务，至少消费者不会再受骗了。来吧，我现在向行业宣战了，我做标准化服务，我就摇着大旗，你们能弄死我吗？弄不死我，这事儿我就干到底了。

我张弛想把文身行业从1.0变到2.0时代，我认为这不是在吹牛。我把十个顶尖的美术生培养转型成文身师以后，也会培养出一百个、一千个。一百个技师可能会改变一个城市的文身，一万个就可能改变整个中国的文身。大家都承认中国的美术生是世界上专业能力最强的美术生，这些孩子如果进入文身行业，中国就是世界文身第一大强国。

博望志：你曾经在视频节目里说，三年后中国会成为文身消费第一大国？

张弛：因为更多白领以及更多普通老百姓会慢慢尝试用文身去记录一些人生重要节点。明星的功劳最大，包括林丹、陆毅、梁咏琪、Angelababy、邓超，他们都有文身，跑男里所有人都有文身的对吧？他们身上文得很美很小很精致，而且现在主流风气变成了文自己的小诉求，我们家的猫啦、狗啦，我的爹啦、妈啦，小日期、小英文、小星座。

文身会爆发起来，从90后到18岁那时候开始，新一代年轻人的思想完全被开放了，因为80后还在受着70后、60后的精神束缚嘛。

博望志：你都文过哪些明星？

张弛：明星和运动员非常多，但我不能说，这是行业隐私。我从来不拿作品，从来不拿我的过去去宣扬现在。你给明星做过、给老百姓做过，服务本来就应该是对等的，对吧？我从来没觉得他们（明星）牛，你们就是我一顾客，在我眼中跟别人没区别。

博望志：看过其他报道，有文身师细数自己的明星客户。

张弛：一个文身师一旦拿着明星案例，拿着获奖经历去吹牛，我觉得你就是文身圈最low的一人，因为你做文身做得好是你的本分。拿作品或者拿别人去标榜自己的人，你内心绝对是空虚的，特别不强大。

就你刚才说那个（文身师），我特别烦他你知道吧，他老跟人说，我文身都不用画稿，直接提笔就文。他给自己的定义就是这种，他觉得自己特牛，我觉得他就是一臭傻×，真的，你可以直接这么写，没问题。这种傻×靠着明星出名了，当然他本身就是个傻×。明星效应我（可以）玩得比他牛多了，我有的是明星朋友，而且是超级明星。

但是我觉得，什么样的人牛呢？就是你有一天突然知道这个歌是他写的，你会觉得特牛，而不是他天天说，这首歌是我写的。我一直特喜欢周杰伦，但我从来不知道歌词是方文山写的。然后有一次我看《开讲啦》，方文山上台演讲，我才知道原来那么多歌词都是他写的，这人真牛，是这种感觉。（我想）实力与名气兼得，但你不能去苛求名气，名气不是靠手段的，绝对是靠实力的。

博望志：来文身的人有没有比较特别的行业的，比如大学教授、高官等？有没有特殊年龄层的客户？

张弛：我的客户在发生质变，2008年以前服务的是各种“大哥”。（现在的客户）三百六十行什么人都有。

一个老太太顾客，60多岁在胸上文了个花。她说20岁时就特喜欢文身，当时她看了一本讲“人皮灯罩”的书，讲一个什么故事呢？纳粹不是抓了好多犹太人屠杀嘛，其中有个犹太人特别美，被军官看上了，抓来当奴隶。后来还是被杀掉了，那男人身上有朵玫瑰花，他的皮肤被切下来做成个灯罩，那个灯特别唯美。纳粹战败之后，一些纳粹的东西被拿到博物馆展览。有一个寻夫的老太太，去看展览的时候潸然泪下，因为她看到这朵玫瑰，就知道那是她的丈夫。

挺浪漫的一个故事，也挺残忍的，那个顾客觉得是唯美的凄美爱情。她一直忘不掉这件事情，做了一个文身，我觉得很酷。

博望志：还有没有客户的故事可以讲讲？

张弛：每个人文身都有故事，除了赶时髦的以外。说个好玩的。一个大哥进门说：“兄弟啊，我以前文身怕疼，没文完，你能帮我文完了吗？”我说：“行，文什么？”他说“关公。”我说：“得嘞。”一脱衣服，上面什么都没有！那哥裤子一扒，屁股上有双鞋，哈哈哈哈。因为文身都是从下往上文的，他文完两双鞋就疼得不行了。

博望志：特别打动你的故事有吗？

张弛：太多了。北京服装学院的一个女孩，平时兼职做模特，特别漂亮特别性感，给我一张照片，（上面是）手扶拖拉机。我说："你确定啊？"她说："确定，我就要文在后肩上。"我说："为什么啊？"她说："我老家是农村的，姥爷从小把我带到大。姥爷一生的梦想是有辆汽车，但是一辈子只开过拖拉机，有汽车进村他都恨不得上去摸两下，坐在那儿打打方向盘，就是迷恋汽车。"后来她念大学，因为家庭贫困，姥爷把能卖的都卖了，甚至把拖拉机也卖了。她的梦想是大学毕业了，靠当模特赚钱，给姥爷买辆车，结果姥爷没了，只剩下这个拖拉机的回忆。照片嘛，就是她姥爷坐在一台拖拉机上，戴着一顶小帽。我就觉得特别beautiful，我很感动，非常感动。

博望志：文身好像大部分是带有伤痛的回忆？

张弛：不是，这怎么会是伤痛呢？伤痛应该是忘记的，你想记住它就证明它是美好的。你跟你前男友分手了，他劈腿了，你把分手日子文身上，这绝对是傻。对吧，这不合逻辑啊！她老公没了，她把老公忌日文在身上因为她老公爱她，他们有段美好的人生回忆，这都是美好。

我的客户给了我一个稿子，是他们家要拆迁的房子，从小（住）到大，他拍了一张照片给我。我说我有灵感了，给你做一个DNA链条，因为这个（房子楼梯的）曲线特别像DNA。文的时候我说，从DNA变成你家的楼梯，回忆永远在你的DNA里封存流传下去。

博望志：你会通过人的文身去看人吗？

张弛：会啊，因为文身是最直接的表达方式，我看你文身，完全可以分析出你是个什么性格，或者你整体的喜好。比如说这个作品，一看就是一爆款，对吧？（比如）大S那个小象，好多女孩有小象，但一看就是一个潮流的最末尾者。

我认为什么牛×？有一男孩来找我，这儿（胳膊）文了一（男性生殖器），他是阳具崇拜，以前做了一地下摇滚圈子的网站，他认为青春最好的表达就是阳具。

包括我今天去那个摄影那儿，摄影师（手臂上）文了一绞首架，一个框底下一个麻绳圈，最复古那种。特简单一个图，我看了半天，特别好看，我也没问他是怎么想的，但我觉得他肯定有想法。

博望志：会跟服务对象产生更多的互动吗，比如成为朋友？

张弛：我很少跟客户交朋友。因为文身行业嘛，本来就是回头客行业，你交朋友越多，后边的回头客打折打得就越多。我不需要靠拉关系来吃饭，你来我也不给你打折。OK，你想跟我成为朋友，那咱们就按朋友处，但是朋友之间，做文身还是原价，这就是我的行事作风。我不怕说得这么赤裸。而且我不跟女客人搞对象，坚决不搞对象。

博望志：你对客户高冷吗？

张弛：不是不是，我是恨不得卑躬屈膝那种。每次客户文完了，我都会给他感谢，发自内心地、虔诚地。以前是那样的（高冷），后来我正视自己是服务性行业，改变了。

你看为什么我作为一个文身师，没有任何夸张的配饰，大银饰、大耳洞、大脏辫，看着像大学生一样，是吧？（我）就不是一个很狂放的人。为什么？我希望消费者跟我没有距离感。他们说我以为你应该是特酷的那种，日范儿的，这范儿那范儿，原来你的穿着打扮很普通也很亲民。

有的孩子特别迷恋文身，特别喜欢我做的文身，但没有钱，我甚至不要他钱，我经常会干这种事。我这人，要不就要钱，不打折，值这个钱；要不就不要钱，不可能给你打折的。为什么？因为打折的，大家会觉得张弛这活1万也能做，5000元也能做。OK，我不要你钱，我永远值1万元。

博望志：做文身涉及对方隐私部位的时候怎么操作？

张弛：很多文身师都是流氓，确实都是流氓。比如人家女孩穿一裙子来店里边，腿上有一个疤，要盖疤，就裤衩全脱了，旁边还站着一帮徒弟一块看，还拍照，还拍视频呢，真的傻×太多了，都是盲流子！我文身之前，提前会跟你说，如果你做锁骨的话，你贴个胸贴，再穿一个抹胸。

博望志：会觉得穿孔等其他人体艺术比较低级吗？

张弛：我不歧视，但我不喜欢，因为我认为穿孔不是美的东西，而是在伤害身体。

我一直在强调我品牌的理念，文身分为两种，一种是美的文身，一种是牛的文身。你看我这花臂嘛，我全身都是文身，但是呢，我脱了衣服去洗澡，别人一看卧槽，这哥们真牛。对吧，但是我身上花花绿绿的，他根本看不懂是什么。

博望志：什么叫牛，什么叫美？

张弛：牛就是有很深文化底蕴的东西。你说你文一个关公，我们想到的就是义薄云天，他有很强的民族情结与文化色彩。

（新画风）不牛，它只有当代美学在。我并不是要舍弃老祖宗留下的美好事物，只是迎合当下时代去做我们认为新的文身设计概念。

文身只有两种存在的意义，一是它真的可以让你变得更美，二是它真的可以让你勾起回忆。什么大鲤鱼、大龙啊，那都是特傻的一个事儿。

我认为真正好的艺术，就是能经得起99%的人审阅的艺术。ZIZI这个公众账号，我允许任何一个人来注册成为设计师。你就画，放开你所有的思想。为什么小孩很天真的画风不可以做成文身呢？奇怪了。小孩画一个小太阳，很傻的小房子，我觉得是孩子带给父母的一个很好的回忆。

博望志：文身最初的意义是什么？

张弛：在世界各地文化差异下，文身有不同的含义。比如说在泰国是全民文身，因为泰国是个佛学国家，他们的文身文化就是寄托信仰。日本也是个文身发达国家，但帮派色彩比较浓重。黑帮也叫极道，日本极道文化从江户时期就开始了，所以文身文化可以站得住脚。再推到毛利也好、印第安部落也好，他们的文身那就是酋长、战士、萨满，就是图腾嘛，文身象征着职业、职位。

美国文身为什么发达？因为二战时很多士兵开始文身，一是怕刀光剑影的脑袋没了，认不出来谁是谁了，二是很多水手会文大妞，因为他们出海好多年，见不到亲人，见不到孩子，会把文身作为寄托。二战结束后，这些士兵回到现实世界，回到各个阶层，他们都有文身，整个掀起了美国新时代的文身潮流文化。所以美国的文身为什么是全民文化！大家认为有文身的人都是很牛的人。

在中国，我认为文身是从1990年左右开始，最早一批有文身的人，开始抄袭各个国家的各种想法。《古惑仔》一部电影毁了一个行业，浩南哥嘛，一条“过肩龙”流行了10年，这太牛了。80后是受染最强的一代了，真的是一看到文身都害怕，就是黑社会呀，有畏惧感，有距离感。

博望志：入这一行完全是因为那个契机（姥姥刚去世时，在街头遇到文身店店员揽客）吗？

张弛：对，我是宿命论者，特别严重的宿命论者，我认为一切事情是不可改变的。我做文身不是冲动，是因为我姥姥没了，我想纪念她，但是我姥姥没了就是为了让我去做文身，一切的事情都是注定的。我17岁开始学（文身），算（大陆）最年轻的一批。按照我的资历，我应该40多岁了，但我入行太早了，所以我算是技法和手艺成熟度里最年轻的一个。

博望志：10 多年前，妈妈立即就接受了你的职业？

张弛：刚开始没有（接受），觉得这个职业不太好，她认为我接触的人不是正经人。我就带我妈去我学徒的地方看了一眼，我妈在那儿待了整整一天，看到人来人往的其实就是普通的小孩子，时尚的年轻人，后来还在我店里见着过明星。我妈就改主意了。

（我妈）特新潮，胳膊、后背都有（文身），胳膊上是我名字。

博望志：怎么看待自己23岁时爆红？

张弛：不是什么好事，我整个文身心态就不对了。（最早）做文身没有客户，我做一个活儿花7天，有时间，用心琢磨，生怕这单跑了。文身行业是个你不能出名的行业，越出名做得越烂。

新客人不断在进，老客人不断在骂，你只有一双手，时间是有限的。我想用一种方式解决：涨价。涨到3000元，中国最贵，我以为客户会少，好嘛，土豪比我想象中的多得多！大江南北的土豪开始来找我了。客户比以前还多，愁死我了。

不怕你笑话，我有这本事，身边客户全是土豪。这个圈子是这样的，你文了一个1万的，后面全是1万的，因为他的朋友全是一个消费等级的，所以我怎么涨都有人。我认为我做文身是值得的，至少我很用心在做设计，设计是无价的，一个孩子的照片也好，一个小东西也好，不光是美，里面都有很深刻的含义在。技法是不值钱的。

博望志：ZIZI 招聘的美院毕业生，本来都对文身有兴趣吗？

张弛：我就（跟来面试的美术生）说一件事，我们都是学画画的孩子，我知道我们心里最想得到的是什么，就是画纯粹的画。我的平台就尊重你的个性，你可以在这儿做自己。

我觉得做自己的（人）都牛。我们可以说别人爱听的话，我们可以做别人爱做的事，我们可以做别人喜欢的公司，我们不。要做自己的公司，做自己的文化，不迎合别人。我以前都迎合，觉得自己傻；现在觉得自己特牛。

博望志：能不能聊一聊，父亲早逝，你觉得给性格带来了什么影响？

张弛：我不认为我性格有缺失，我觉得我性格有更丰满的一面。男孩如果跟妈妈从小长到大，其实他整个心理架构偏女性，母性关怀比较重。所以我这人对员工也好，对朋友也好，就跟老妈似的，特别爱照顾人，喜欢给他们做吃的。

早上起来，我就习惯性把地擦了，把猫砂倒了，把垃圾收拾好了，把快递替我老婆签收好了，给她摆在桌子上。她的衣服我给她叠好了，因为她比较邋遢，喜欢到处噼里啪啦乱扔，但我自己家里边特别利索。

博望志：你有强迫症吗？

张弛：（我）必须有强迫症，现在所有员工来的第一件事，就是一个月之内必须培养成强迫症。在艺术上，在工作上，在创作上，要有一种执念，你要达到内心极致。我的能力只有70分，但我必须达到70分。我创作过程中，哪怕在纸张上，哪怕落一笔，我去画一个圈，我都希望那个圈是不可逆性的，才能训练自己这种苛刻。

如果你一会儿仔细看我工作，（会）发现我工作已经从行为模式变成了反应模式。我工作全是肌肉记忆，看我视频，人都觉得是假的，是快进的，因为我速度太快了。虽然我现在收费算是世界最贵，但其实我给予消费者的东西绝对不比他们贵。

博望志：看你朋友圈说打溶脂针，这么说你还挺臭美的？

张弛：我昨晚打了60针瘦脸针。今天脸是肿的，后天一下子就能瘦下去。我之前一直比较时尚，现在比较大叔。（30岁的变化）特明显，前两年我就可躁了，特别躁，现在都穿这（软面料的）衣服。

我算是比较臭美，我们行业从业者跟美容美发特明显，哥们儿一看，做美发的。文身师也是，特村儿。我们现在的技师必须要有亲和力，看着没有攻击性。首先你不能看着像一个文身师。我觉得一个牛的技师和一个low的技师的区别，就是low的技师老想把自己打扮成技师。高端技师像李东田那样的，平时西装革履，你不知道我做什么的。

你看你们俩刚开始接触我的时候，觉得我很难接触。其实我就跟个大小孩似的，内心特别单纯，除了做文身，我是非常简单的人，不然我也不会长这么大还喜欢玩具。

博望志：这些（手办）怎么喜欢上的?

张弛：我认为在18到30岁之间，你喜欢的爱好是当代爱好，就是现在流行什么，大家都玩儿我也玩儿。你30岁以后喜欢的爱好，是满足性的爱好，这是我自己的一个逻辑。什么叫满足爱好？就是你肯定有缺失的。

我小时候没有变形金刚，我小时候没有高达，我小时候没有动画片，长大以后，我现在最爱的两样就是PS4跟玩具了。小时候最经常的一件事就是我妈妈去逛街，把我放在卖玩具的地方，我蹲在地上看，去摸，隔着玻璃摸，想象掰起来是一种什么样的感觉，想象着这个玩具“咔咔咔”的声音，这就是一个孩子，小时候内心特可怜的那种。

博望志：以前创业还做过文身圈 APP？

张弛：创业失败很多次了，因为行业非标太严重了，我算是先驱者。我一直在失败，一直在尝试，因为没有可参照的人，等于一直在踩着地雷往前走。

（文身圈APP）因为跟合伙人有一点分歧吧，他想比这个社交还要转更深度一些，但我坚持把这款软件做到行业内最垂直、最好用，能更黏性，保持不错的活跃度。

博望志：接下来会把直播再拾起来吗？

张弛：不不不，（现在）我就做文身，踏踏实实回到主业上。我们现在做的可以叫互联网文身轻奢品牌，叫ZIZI，比较像文身行业的Zara，会在今年（2016年）呈现。ZIZI要做的事情特别简单，我把眼光垂直放下，只做女性和潮流时尚的人群，只做精而美的文身。（这是）非常大（的舍弃），没有行业的人敢这么做。文身2.0时代，就是以美、以C端（消费者）为核心的创作，而不是以B端（商家）主观思想的创作，这个就是变化。

博望志：上次创业失败后的转变？

张弛：其实这次创业对我是整个人生的颠覆。我从29岁到30岁，性格加上人生观、事业观完全地转变。创业初期都会有一个心态，就是奔估值嘛。我可能会舍弃很多擅长的东西，为了主流风口去努力。在我身上也是，当年直播火嘛，你说一做文身的，非要往直播上靠。

但是泰哥（盛希泰）跟我说过一句话，让我永生难忘。他说："弛子，我当年投你，是因为你眼神中有对文身的爱，13年的坚持。他说中国不缺你一个首富，但是文身行业需要你，你想想你到底在做什么。"

这句话让我特别震撼，我觉得张弛活在这个世上是有意义的。意义就是我能把美的文身给消费者，这可能是我存在的价值，何必为了一个浪潮而毁了自己的理想？

当时是我人生最迷茫的时候。（直播项目失败后）公司就特别难了，我还每天穿着西装，高大上地去各种路演场合，以一个CEO的形象去忽悠人。后来自己在想，这是我创业的根本吗？融资加创业这个事，把我曾经最擅长的一点给抹杀掉了。

我一双手做文身，一个月能赚几十万，何必去求人？我在公司最难的时候，作为一个CEO，能不能站出来，把脸扔在地上，去跟所有员工撅着屁股干活？这是我最大的一次转变。融资只是创业的辅助工具，我完全可以不要的，说白了，你公司一个月能挣一千万，何必去融一千万？你应该想想怎么去赚一千万，而不是去骗一千万。

我做文身，就算是这笔钱花完了，再创业还是干文身，没区别，我没有退路，就是一条线干到死。

博望志：你现在的状态，是对文身有了使命感？

张弛：创业者嘛，如果这项目能成功，肯定是他能给自己先骗了。我就天天自己骗自己：弛哥，中国文身就靠你了，自我催眠，然后就特别有责任感，这个行业必须由我来。我所有PPT最后一句话是，我们会成为世界文身第一股。

其实为什么我要创业，最简单一个事儿，我这一双手能服务的人是有限的，但我的理解和我对图案的经验、造诣是很深邃的，只能通过互联网把思想传达出去，把设计给予全世界喜欢文身的人。

博望志：从谷底的状态怎么振作起来的，靠什么力量？

张弛：我回到小座椅上，拿起了小文身机，画起了画，给别人做文身，我感觉一下回来了。放开所有的光环，你就回到你曾经最黑暗的地方，反而觉得那是最温暖的。

我现在给自己的定义是什么呢？我就是个铁证的失败者，但我会是你们看到的最靠谱的成功者，我只崇拜一种创业者，两个人，一个叫李东田，一个叫徐全有。他们每个人都是在行业里做了30年以上，不上市没天理，不是因为赶上风口了。所以我越失败越开心，我不怕任何人笑话我：我×你浮躁，你年轻，你傻×。太开心了，太好了，因为我买到了最好的经验，我买到了最多的教训，我依然还在这个行业坚持呢，特别棒。

视角

见证者

对商业记者们来说，录音笔是个神奇的物件，当中满蓄着骄傲、愤怒、虚情假意和谨小慎微。你可以认为，录音笔中，存在一个比媒体上所展示的更大的世界。

我们采访了《博望志》的六位记者朋友，请这些商业历史的见证者们，聊一聊他们与录音笔的故事。

李梅清清楚楚地记得，这根录音笔2010年7月购于西直门一家电器城，挺贵，1300多元，到如今用了整整6年，目前仍在服役中。李梅觉得，录音笔里有很多谎言。

他（一位知名投资人）打了点粉底，就马上开始接受采访了。视频团队告诉我，我没有地方坐，他那边是个墙，墙上是照片和奖杯，那个视频团队有一个装东西的箱子，我就坐在那个箱子上。

隔着两三米，我坐在角落，旁边是那个大的补光灯，我要这样探着点身才能看得着他，感觉很奇怪。这怎么采访，怎么聊啊？我之前准备了两页内容提纲，是想跟他聊得深入一点，他让助理把采访提纲给他看一眼。一看，他说，（问题）这么多，我怎么看啊？

我需要前面捋顺了，跟他慢慢聊，但进展不太好，比较影响后面的采访，而且他没有进入到采访的情境当中，思路没有完全进来。开始他带着点不耐烦的情绪，但聊到后来，就更加投入了一点。视频团队有他们的需求，如果我自己去采访，会避免很多类似不舒服的问题。

自己去采访，回来写的稿子传播效果很一般，反而在一次会议论坛上，他在群访中说了一句‘很大’的话，拿回去放标题里，微信阅读量6万多。

李梅，投资界网站，副主编。

李亚婷现在不用录音笔了，她认为手机更便捷。采访时，她习惯打开电脑软件，和手机一起录音，实战证明，手机比录音笔更具有隐蔽性，在录音笔出了两次故障之后，最终放弃。作为一个商业记者，令她印象最为深刻的是一次调查报道。

两年前（2014年），昆山一个金属制品工厂发生粉尘爆炸。当时是周六早上7点多钟发生的爆炸，9点多主编让我去现场，其实当时我还没起床。

我先到上海，然后坐高铁去昆山。晚上，现场已经拿警戒线围起来了，有100多人住进医院，据说受伤的人群里只有五个还可以说话。当天警戒还没有做好，你还可以混进去，然后晚上我就每个医院挨个跑，找到这五个人。就装作家属去看望人家，还买了一箱五十多块钱的银鹭八宝粥。

当时混进去两个记者，除了我以外，还有一个《财经》的记者，长期跑调查的，刚从局子里出来，他经常做这种东西然后“进局子”。家属都走了以后，他说：你是记者？我说：你也是吧。

他说：你不能穿成这样，一看就不像家属，家属哪有你这样的？他用河南家乡话聊天，我是一口普通话。他穿得特别接地气，T恤衫、大裤衩和拖鞋……我呢？一件橘黄色的T恤、黑裤子和小高跟鞋，他比我做得成功。录音笔是直接放在包里，或者揣裤子里，效果没那么好。

李亚婷，《中国企业家》杂志记者。

后来混进了当地政府给家属安排的宾馆，我记得特别清楚的细节：进到那个大伯的屋里，三张床，每张床躺着个人，死气沉沉，电视开着，酒店的白色拖鞋乱七八糟，还有方便面快餐盒随地躺着。

我刚聊了几句，一个人推门而进，说了几句家乡话，然后一屋子人就都哭了，我猜是有消息了，人死了。但是我就听不懂，他们都在那儿哭，我就挽着那个大伯，也在那哭。政府的人看出来我这个人有点怪了，穿得和别人不一样，状态也不太一样，政府的人就一直盯着我看，看我也在那一直哭，就没好意思再问。

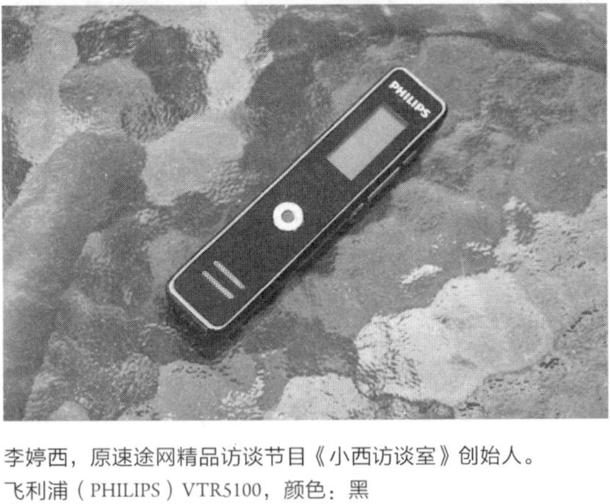

李婷西，原速途网精品访谈节目《小西访谈室》创始人。
飞利浦（PHILIPS）VTR5100，颜色：黑

入行五年，李婷西最后选择做创业者的专访，这也是她一开始就喜欢做的工作。她用过三只录音笔，最初那只是公司的，第二只在外地参加会议时丢失，桌面上的这只是4月买的，和第二只一模一样。

我有个习惯，不管是刚开始做记者，还是现在，我都会把所有的录音一个字一个字地整理好。我知道好多记者不需要，因为这很浪费时间。采访可能只有一个小时，但是整理就要花上两三个小时，写的话，可能一个小时也就写完了。

刚入行的时候，带我的老记者们就拿一个本，记下要点，回去很快就写好了。但我有强迫症，要把每段都听一遍，哪怕是不重要的。因为我怕漏掉任何一个关键点。对方可能会说很多废话，但也有很多话可以给我写作灵感。

我工作五年，在速途网的时候也做管理，但还是会写。跟我一起入职的人当中，几乎没有人写了，他们管理下面的记者去写。

我的诉求其实很简单——写创业项目的专访。如果有一个地方，能很自由地让我去写，我就选择这个地方。

杨安琪，现任《财富》中文版高级编辑，
原《环球企业家》TMT 记者。

杨安琪的第一根录音笔是在《东方壹周》时配备的，2013年停刊时，录音笔被收回。之后，他在同城网站上找了个卖家，双方在地铁出口接头，掂量一下没毛病，付了款，用到现在。

高晓松有意思。他是一个很好的采访对象，基本不用说话，就把所有你想知道的、不想知道的都回答出来了。他在采访的时候不停地抽“中南海”，我写进去了。写完之后发给对方做事实确认，他们就说写抽烟不好，我也没改。你抽烟被媒体看见了，那就是事实。

这根笔采了不少人，像王雪红、杨元庆这些老牌的（企业家），今天上午还采访了惠普全球消费级业务CEO。

小十年记者经历里，有一次没用录音笔，和杨元庆一起吃饭，当时是在巴塞罗那。围了一堆人，在场的媒体都是倾听者，但是回来之后，《环球企业家》主编岳淼让我写吃饭的事，还是挺有意思的。杨元庆给我们讲西班牙海鲜饭特别好吃，助手就给他点了一份，杨元庆就问什么意思？干吗就只给他点？助手不好意思，就把海鲜饭一勺一勺分给大家，每个人都吃一点。当时有点尴尬。

我特别不喜欢拿着电脑出去采访，本、笔，还有录音笔，就是吃饭的家伙，电脑是最后执行的东西，最核心的还是本和笔。

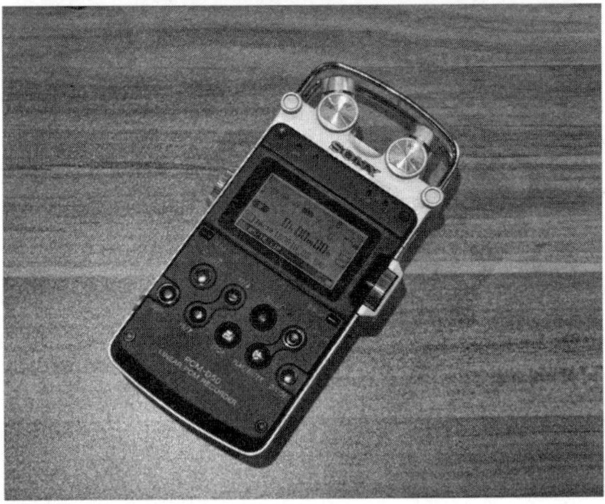

王根旺，i黑马主编。

品牌：SONY 型号：PCM-D50

王根旺的录音笔自带气场，它似乎不该用“笔”来做主语，像个金属对讲机，很是沉重。三年前王根旺用的M10，和这个体型差不多。他是个音乐发烧友，经常拿录音笔当音乐播放器使用，而采访对象也常常会对该录音笔好奇并发问，一定程度上缓释了陌生感。

我遇到过一个特别有意思的采访对象，此前是地地道道的山西煤老板，1968年出生。随着2008年国家开始对煤炭资源整合，许多煤老板都开始转型，有的去开饭店，有的搞房地产，他却选择了砸1亿多现金去野山沟开发生态旅游景点，环境特别苦，收益见效也很慢。

对此，他的家人反应很强烈，认为他随意挥霍钱财，甚至一度认为他精神有问题，并在2009年和2010年两次把他送进了精神病院。他第一次在精神病院被关了一个月，每天输麻醉液，并将其催眠。第二次他在护士的帮助下从那里逃了出来。

稿子发布之后，很多媒体都做了跟进，凤凰卫视还对他做了专访。不知他近况如何，我猜项目应该是开始盈利了。

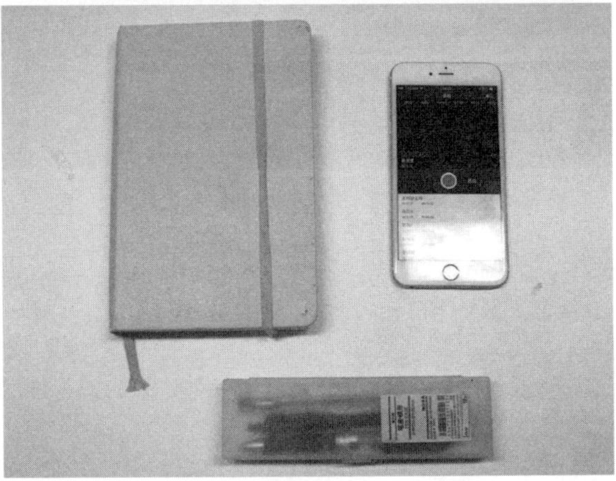

李翔，12年媒体经历，创办《李翔商业内参》，曾任《财经天下》主编、《时尚先生》执行主编、《第一财经周刊》特稿记者、《彭博商业周刊》副主编以及《经济观察报》总编助理。

李翔在2015年年底就不用录音笔了，之前一直是与手机同步作业。现在手机更为方便，iphone6 plus 64g，他用拇指由下至上划拉了一下语音备忘录，滚动的全是商界名人——马云、柳传志、李开复……平日采访中，他配备的东西就这三样：透明文具盒、明黄色记事本和苹果手机，并且会在采访前开启飞行模式，谢绝打扰。

采访李书福印象比较深，第一次见他在杭州，等了很久。当时就觉得有点接受不了，不是约好的吗？我们聊完之后，他就说，哎呀不好意思，昨天喝酒喝太多了。第二次、第三次见面都在北京办公室，突然他就一个人气喘吁吁地推门进来，我问怎么了，他说爬楼梯上来的。有些小伙子那么年轻，却一定要挤电梯，他不愿意跟人挤，就爬上来了。

最早的时候，曹国伟死活不愿意接受采访，那时候我比较傻，比如打电话给他们公关总监，人家不会直接拒绝你，只会说这周人在国外，下周又打电话过去，然后对方再找一个借口……后来是认识了，也采访到了。

最快乐的时候，还是在《经济观察报》，当时也是媒体的好时代，出去都会碰到人说看了你写的文章，写得很好。

那是报纸时期，对你价值观影响比较大，很多从《经济观察报》出来的人，会发现他们知识分子气味比较浓，不太会做生意。

陈凤银，河南信阳人，创客 100 孵化器保洁员。

北京昌平区，由酒店改建的孵化器，大堂墙面也成了项目 LOGO 墙。

我们试着从不同的视角引入对孵化器的观察，这个场所内，所有人的未来都显得难以预知，几乎每一次聚会都是告别。这些过往的见证者，反而往往是空间内最安静的一个群体——保洁员。

陈凤银早年在广州鞋厂的流水线工作。2008年来北京，一双儿女都在老家，她每年回家一次看看孩子。谈到孵化器里的创业者，陈凤银非常羡慕这些年轻人，觉得他们工作很好。

我感觉（他们）都很轻松，都坐在电脑前打打字啥的，聊聊天。真正也没跟他们交流过，如果交流，每个人都有自己的工作压力，我感觉多少也有点压力吧。

陈凤银觉得创业可以赚到更多钱，又觉得这里的创业者应该都是高学历，至少是大学生，甚至硕士、博士，“没文凭进不来”。

陈凤银对自己孩子的前途充满信心，她希望孩子能上大学，并且，“我希望我儿子以后自己创业。闺女现在一般在班里都是第一名、第二名。女儿有能力，我也希望她创业”。

伍本干，湖南人，MadNet 孵化器保洁员。

某团队研发的自行车项目，伍本干说屏幕里面是他们的理想。

伍本干走路有些跛，2015年在老家建房子把脚砸坏了。因为不能做体力活，就来北京找了个保洁的工作。他很有表达欲，是所有被访保洁员中最慷慨激昂的一位。“跟他们这些科技人才一起，能给他们做点普通的事，是我的骄傲。我现在就是把本职工作做好，给他们有个舒适的环境。”

虽然从小生活在湘西大山沟，伍本干早年却去过很多地方，逛过福建，趟过浙江，言语间时不时流露出对创业年轻人的欣赏。

他们和科学家本身就是一样，科学家发明原子弹、造什么核武器，那是分工不一样，不要看他们微小，其实他们也很伟大的，是给我们带来福音的。因为这个自行车我知道点，我一看就知道真的是创造单车的。我说你这单车多少钱，他说多少多少。我说那很贵的，那吃不消的，我说你们创造多了，到时候减价了我再买，也搞搞环游世界。

这是伍本干第一次来北京——他梦寐以求的地方。他已经去过天安门，长城还没去。天安门是骑自行车去的，但是“北京太大了，长城太远了”。

郭变令，氪空间保洁阿姨，工作时间两个月。

会议室玻璃上的鸡汤文，颇具互联网气息。年轻人喜欢把一切事物段子化。

郭变令说话条理清楚，不紧不慢，一看就是做事靠谱的人。她每天工作8小时，半小时转一圈儿，基本没有闲着的时候。

“干正事儿”是她的口头禅。谈到对创业的年轻人的看法，她也喜欢用这个标准。

玩电脑你看是玩什么电脑。有的人玩电脑就是搞创业，有的人玩电脑就是玩游戏，玩游戏的没有什么出息。我就感觉我喜欢的小孩，（是）干正事的，我不喜欢玩游戏的。你说这儿，每天有一个女的，就是看连续剧，我过来她就啊哈，又笑又乐的。加班就是看看连续剧，起来就走。那是搞什么正事儿啊，是不是？我就不喜欢这样的人。

我说：“加班你就看这连续剧啊，小姑娘？”她说：“阿姨，我就看这个，挺好的。”我说这样没有什么出息，人家就不高兴。

王保平，陕西人，48 岁，洪泰空间保洁员。

王保平正在娱乐区擦球桌。

王保平是个纯朴老派人。之前在一家事业单位做保洁，领导脾气不好、爱骂人；来到这里之后，他觉得年轻人素质高，每个人都对他特别好。

一次王保平老家来人有急事，他跟经理请假，经理二话没说就批了。后来他就把这里当成家一样。

我早上一般7点来，到中午11点走。下午1点半到6点多吧，也得看空调关没，这光电费一天就得100多元，这得给他们关了。

但是孵化器里每天都有人加班，王保平总是无法按时锁门，他想了个法子："我住得近，最多三五分钟就来了。他这儿的人加班，有时候9点多，有时候就11点多，没事我过来转一圈。我晚上一般最少是一趟，经常会来个两三趟吧。你得问他们什么时间走，大约时间差不多我回来，他们走了把灯一拉，空调关了，这个门一锁就行了……我吧，从8点到11点可以睡，睡到11点，我就过来。离得近，不天天来也不行，习惯了。"

田五花和徐川清，工作 10 个月，腾讯众创空间保洁员。

田五花、徐川清二位所在的众创空间共五层，总面积几万平方米。人很多，其中两层还没装修完，看上去有些杂乱。与那些叔叔阿姨们不同的是，她们觉得保洁工作不太体面。

受访保洁员中最年轻的两位，她们是工作中的姐妹。

从一开始，我就不喜欢听保洁这个名字。我也想不出更好的名字，只能让人家那样叫。我感觉我的心里对这两个字有偏见，我也说不上来。

她们平时跟创业者交流不多，每次都是低着头进办公室打扫，干完活就出来。

有人东西丢了，会先问保洁，先问问我们捡到了没有，或者是动他们东西了没有。我们会觉得不舒服，好像意思就是我们这些做保洁拿他们东西似的，我们心里特别不高兴。比方说，你擦东西的时候会轻轻碰一下人家的东西，那是肯定避免不了的……他总是感觉好像是我们动他们东西似的。

赵淑荣和于丽洁，中午在帮大家打饭，无界空间保洁员。

三荤三素，只要 20 元。

赵淑荣、于丽洁二位阿姨之前在机场做保洁。来到这里以后她们特别喜欢，感觉哪都好。

干活主要是心情嘛。在这边人都挺好，前台的姑娘也挺好，就没有那么大的压力。在机场，你不知道谁是领导，领导太多了。每个层级的领导特多，经常会说这说那的。领导是打领带穿西装的，员工基本上就是工作服。人不一样，完全不一样。

她们觉得这里的待遇也比机场好。“公司管一顿饭，中午六菜一汤，还不要钱。他们在这儿上班的也可以在这儿吃，但是花钱的，自费。他们加班这儿都有床，这边有单间，里面有小床，你看那边12点钟左右就有小孩儿上去休息了。那儿有浴室，那边有跑步机，在吧台旁边，还有那个按摩的，什么都有。”

创业者加班睡觉的地方，分上下铺。

博望谱

高晓松的大杀器

文 / 小肥人
采访 / 崔神　小肥人

高晓松的“门客”生涯即将或已告终结，与数年来游弋于几家科技巨头时的随性不同，他与阿里音乐的关系愈发紧密，无法割裂。

希望比自由更珍贵

从上海飞回北京的航班起落没太大偏差，但高晓松到达通惠河边阿里音乐总部的时间，比预计中还是晚了一个小时，错过了饭点。

接待完第一拨媒体后，他连上厕所的时间都没腾出来，跟前的会议桌上，剩了多半盒饺子，已经坨了。以至于接受《博望志》采访时，他得空往嘴里塞了几把薯片，将指尖沾的作料末舔干净，抽了两根烟，才算稳住。

时间点是5月上旬，距“阿里星球”发布会召开时间已不足一周。高晓松的嘴搭配上阿里公关天团，在这个漫长的宣传周期内，为阿里音乐释放出巨大的品牌声量。

尚未开口，坐在记者眼前的董事长，表情与随他奔波的休闲皮鞋一样，蒙了一层灰，刚下午四点钟，神情却有点恍惚。

“累吗？”

“特别累，累死了。”

但有两件事，能给还没褪下“脱口秀超级IP”光环的大明星些许宽慰。其实，公司里里外外看，找不着几个真比他工作量小多少的，为发布会冲刺，技术跟运营团队部分员工半个月没怎么着家。

更重要的是，他此前抛出“职业生涯最后一站”这句话，已然将宋柯连同自己囫囵个扔进这单大买卖里了。

很难说，高晓松拿俩人的职业为新东家背书的行为，是孤注一掷还是一时口快，不过，显然他后来盘算过，“有人跟我说，（阿里音乐）上市就可以不干了。可我看这帮人还是整天……老马（马云）现在比我还忙呢，没个头儿”。

按此逻辑，高晓松的“门客”生涯即将或已告终结，与数年来游弋于几家科技巨头时的随性不同，他与阿里的关系愈发紧密，无法割裂。

大戏刚开锣，高晓松只给自己喇下一个小口子，希望几年后阿里音乐平台成型，没有他和宋柯也能玩得转。

生于1969年的高晓松今年（2016年）47岁，他说，这前半辈子，常常活在自己的设想之外。

早两年在脱口秀节目中，他说从小到大，自以为会过一种清贫且愤怒的小知识分子生活，满腔不忿，怀才不遇，可现实却砸下一张又一张“馅饼”，让他慨叹所得已超福报。

两年前的那期节目，对他是一场告别的聚会。高晓松当时坚定地相信，自我定位是一个读书人或知识分子，一辈子陪大家读书、写作、拍电影、做音乐、聊天，即便无法做到魏晋狂生或渔樵耕读，但至少会坚持一个“卖艺”的身份，“绝不去做创业啊那些什么事情”。

他开创性地以《晓说》打开了网络优质自制内容市场，并将事业再次推到前所未有的高度，但海量信息输出带来了副作用，他食言了——终于没能逃开经商这件事。

高晓松在采访里用娴熟、幽默的话题技巧避开了正面回应。往名片上印“董事长”是人生第一次，但他并不承认这一title的指向是企业家，坚称自己只是一个“wannabe 企业家”。

“‘wannabe 企业家’是一个名词，不是说wanna be动词，企业家可不是你想当就能当的，不是你坐那说，（啪，拍桌子）哥们儿今天就是企业家了！”

在电影学院学导演期间，戴锦华教授在一堂课上讲到20世纪80年代的电影，谈及大师最后的年代一去不返时，那位女教授在台上失声痛哭，令高晓松印象极深。

高晓松的青春期正是成长于这个被称为迄今最后一个“被大师照亮的时代”。以知识分子的眼光审视当下，他感叹那批大师为世界重新塑造的理想与信仰，在短短三十年过去后，已在各国沦丧得一塌糊涂。

可深度浸淫互联网数年后，那份反思正在慷慨地被现实的商业选择化解掉。高晓松一度发现，身边朋友几乎全被创业打了鸡血，置身其中的最大感受是，这些人一见面便会不管不顾地上上下下打量你，看看能用上你什么地儿。

“大家都拼了，马东那儿，我的天，整个疯了；郑钧那么懒的人，现在也拼啦！动画片、合音量，还跑到百度当首席构架师，也带着一大堆工程师在那吭哧吭哧……”

高晓松也并不意外地偏离了预设中“读博”的人生规划，被裹挟走，尤其是考虑到，他接到的橄榄枝，来自马云。

好奇心背后的驱动力显然远大于求学，他对潮流全无抗拒，反而觉得“好有趣”，甚至对马老师（马云）交托出来，依托着海量资源的阿里音乐感到无比兴奋。“任何一个人，交给你个大杀器，你都想比画一阵过过瘾，手里拿一大杀器，你说我先睡会儿去？那还能睡觉嘛？！”

为了尽量将“经商”这一概念剥离开，高晓松抗拒阅读企业管理类书籍，“宋柯去读就够了”。他主观地将互联网定义在传统商业范畴之外，在其眼中，它更像是一场社会革命的主题，自下而上、潜移默化地打破藩篱无数。

进步青年们从1919年开始呼唤“德先生”“赛先生”至今已近一个世纪，鲜有收获，而科学、民主以及自由的精神最终在互联网的普及下，短短十几年的时间便已经深入人心。这一切，从一个知识分子的立场出发，高晓松必然也必须地选择支持。

所有的社会进步都是以削减精英、平民化为代价，其首要标志就是打破阶级分化，他旗帜鲜明地表明立场，认为真正的精英就应该欢迎社会消灭精英。“过去2%的人识字考科举，精英管理整个（国家）的时代，你说那时代好吗？”

高晓松观察到的一个细节是，早年身边的朋友中，人手一部价格昂贵Vertu是标签般的信仰，但如今聚会，无人能再摆脱平民化的苹果手机。

他更进一步，借此修正对时代的认识，精英群体都已被大幅减削，遑论大师？“一个民族进步（的代价），宁可不出苏东坡，瑞士就没出过‘苏东坡’，但它是不是个伟大的国家？”

互联网带来的变革中，最能触动人心的，其实仍然是财富分配作用；暴富和成功学在信息传播发酵下，无疑催化出了更加昂扬向上的社会氛围。曾有不止一位美国朋友向高晓松表达过一个令人咋舌的观点——羡慕你们中国人，因为“希望”比“自由”更珍贵。

回不去了

2015年夏天，国家版权局出台了一纸国内音乐史上的最严版权令，11月，所有互联网平台上的未授权歌曲被统一拿下。

政策对内容版权保护的倾斜几年前便已转化为社会生产力，以视频行业为例，在完成正版化洗牌后，影视行业随即井喷。高晓松记得，搜狐董事局主席张朝阳曾开玩笑地说：“如今女明星都不嫁豪门，改嫁男明星了。因为（视频正版化以后）明星都有钱啦，咱俩一块儿不是挺好的么？你也挣两亿，我也挣两亿。”

这一切似乎预示着，国内流行音乐人们经过20多年游走于法规庇护之外的等待后，也终将迎来自己的时代。

可对年近知天命的高晓松与宋柯来说，这一天晚了点。写出好歌、做出年度专辑这些内容层的满足感，已很难触及两位中年音乐人兴奋阈值下限。当创作者被许以更高的商业回报时，高晓松才发现，他坐在阿里音乐办公室里，成为付钱的那一位，反而可能为水涨船高的版权价格发愁。

这个场景令人无奈，整整一代音乐人对版权保护的求索，在放弃并转身后，才终于实现。

20世纪90年代，高晓松在最旺盛的创作阶段，一头撞上了盗版的南墙。当时他为刘欢写下一首名为《好风长吟》的歌，刚刚发行后就迅速被盗版商盯上，令二人十分恼火，可在准备追责时，却发现申诉无门。

“电影有国家电影局，上边一个广播电影电视总局，可怎么就没有音乐呢？我们到文化部，没人管这事儿啊，人家都是局，我们音乐连处、科、股都没有啊！”

文化口的申诉行不通，高晓松与刘欢又惦记上了新闻出版总署，并且提前为对方找了一个解释得通的理由——唱片是出版物嘛！一位作为创作人颇有名气，一位贵为内地歌坛一哥，两个被高晓松自己形容为“俩脸加一块一平方米那么大”的大腕混进出版总署院里后，发现居然连个乐意接待的人都摸不着，没有任何一个办公室愿意站出来，说这事儿应该归他们管。

最终一位工作人员给了个台阶，让把东西留下，称会“研究一下”。送二人出门时，又好心递了一句实在话过来：“其实你们知道，研究也没用，我们没法罚人家款，没发票，执法队都没有。”

关于生计的问题，解决方式十分简单，主管部门在行政层面没有预设多余的触角，爱莫能助，吃流行音乐这口饭的创作者们就只能自己出面。高晓松跑去杭州，约国内数得着的几家盗版商开会。“我们说大哥们，让我们先卖10天，咱盗版再上，行吗？人说，不行，就给5天！人家比我们还理直气壮呢，你说这什么事儿！”

他跟人解释，音乐人花那么多钱做一张唱片，5天宣传根本不够回本，如果创作者“死了”，你们盗谁去？“盗版商一想说，嗯？有道理啊，说，那一礼拜！你们正版卖一礼拜，我们上。”

关于博弈盗版商的过程，高晓松此前曾在不同场合数次以谐谑的口吻回忆过。这场原本残酷又讽刺的商业谈判结果，嵌入大的故事框架下回顾时，更显得荒诞不经。

王朔早年在小说里，曾通过一位资深顽主角色，表达过一个普世的茬架经验——多有名，传得越厉害的人我都不憷，再狷我也敢“铲”他，可就怕那十六七岁的生瓜蛋子！

在高晓松的经验里，2000年后崛起的那一拨互联网新生力量里，就充斥着这种狠角色。“跟盗版商还能谈谈，他们也是江湖人，大家也懂事，IT这帮生瓜蛋子一上来，盗版正版一块儿打，最后大家都躺那儿，一起死了。”

更关键的是，代表着先进生产力的互联网企业们，将用户为听音乐付费的习惯彻底颠覆，轻易地从其回忆里抹杀攒早餐钱买一张唱片的快乐。“人说我买房子还买不起，你听音乐还要钱？”

直到当年被免费版权和内容扶持起来互联网企业们有了反哺

能力时，盼了20年的一纸版权保护令才终于下发，可无论是高晓松还是宋柯，状态和思维方式都已回不去了。尤其是用户行为习惯的重构，决定了他们在阿里音乐再出发时，绝不可能再落入内容或版权的窠臼，那么抛弃播放器，构建通吃上下游的大平台就成了唯一选择。

走出禅院

与多数大型科技企业的董事长办公室不同，高晓松、宋柯、何炅在国家广告产业园的阿里音乐7楼分享了一间办公室。几位大佬的明星光环也尚未在企业内部退去，在采访结束后，一位戴着阿里工牌的女生在电梯间偶遇高晓松后求合影，她的老板以惯常的幽默感回应："得快点，那什么，我着急上厕所……"

人生首次当上"董事长"后，高晓松跑去找柳传志取了一次经。德高望重的商业领袖用一个虚化的概念为他宽心，是其著名的管理三要素——搭班子、定战略、带队伍。

高晓松咂咂嘴："那是一切上正轨以后，只用干三件事，现在100件事都得（自己上），千头万绪，千头万绪。"

被宋柯形容为"有里有面"的高晓松前阵子做了一件挺够意思的事，由于身居要职不便要求购买以及推广费用，他干脆将《生活不止眼前的苟且》赠送给东家阿里音乐，版权费用分文未取。

此举对高晓松来说显得十分得体，他同时在两件事上证明了自己：作为一个老炮儿，仍能轻易搅动流行音乐热点；作为一个董事长，全身心地投入到了平台建设中。

多少有些出乎意料的是，《生活不止眼前的苟且》作为一个流行IP，快速陷入了“营销、鸡汤”的争议旋涡中。而对高晓松来说，词曲创作层面的讨论可以接受，但一些乐评文章对歌曲背后价值观的质疑让他无言以对。“他们说你丫高晓松现在有钱了就宣扬这些，可我没钱的时候不也宣传的‘诗和远方’么？”

在那些概念中，“远方”和“有钱”的强行媾和令高晓松不快。在他看来，每个人都有弯腰捡起六便士的时候，也有抬头看天上月亮的时候，无关乎有钱没钱，天上那轮永远免费的月亮，就是诗和远方。“月亮和六便士伴随我们一生，是人和动物的根本区别，就像无论贫富，人们都需要音乐一样。”

这次围绕创作者的骂声只是预热，在阿里星球发布会结束后，更多媒体聚焦在高晓松、宋柯、何炅“铁三角”领衔的产品上。董事长高晓松可能会感受到一点商业战场上更高级别的舆论压力。

一度被称为“音乐淘宝”的阿里星球APP在亮相之初，便被诟病其过于庞大的平台属性、分散的用户定位和复杂的用户界面，很轻易地可以给批评家们落下口实。

在发布会之前接受《博望志》的采访时，高晓松恰好谈到了这一问题。他将这一款结构庞大的产品定位成一个流量入口，背后的目的是数据生意。在他看来，背靠阿里巴巴集团的大数据资源，他将为用户提供足够有吸引力的数据产品服务，而用户进驻阿里星球之后的行为数据，则将为这款超级APP的功能筛选埋下伏笔。

相对于纠结在互联网产品本身，高晓松显然对其理想中可以为产业提供的变革更加兴奋。从音乐产业的过往来看，作为消费者的粉丝用户群体，反而长期处于链条最底端，毫无话语权，这让他感觉讨厌。

回想起早年在一家唱片公司中的企划乌龙事件更让他恼火。曾有旗下一位歌手在电台访谈中以“农民”自居，让当时正在开车的高晓松大跌眼镜，回公司追问企宣何以出此浑招，对方的回答让他几乎晕倒：“丫不就是一农民嘛！”

“一个不喜欢旗下歌手的企宣，这不就把事弄拧巴了么？”

而通过阿里平台，高晓松甚至可以设想到让用户参与到“为偶像选歌”这种生产的上游环节。事实上，与所有的互联网产品逻辑一样，粉丝们作为用户，被前所未有地重视，并不稀奇。可当变革终于染指音乐产业时，一切可能性都会让这位大牌创作人感到由衷地兴奋。

“粉丝们来决定去哪个棚录，歌让谁写，不同偶像的粉丝们，没准还抢一首歌呢！”

阿里星球从诞生起就作为一个超级APP存在，业务触角繁杂，彰显出过于庞大的野心也意味着空前的压力。可高晓松从始至终都在按照且仅按照正向假设的思维方式在推演未来，那里似乎只有不可预知的美好。在宋柯眼里，这位搭档了20年的老学弟是一个无可救药的乐观主义者，“即便明天天塌下来，今儿也得聊会儿，聊高兴了”。

高晓松像是一个闯入者，观察着阿里巴巴这个正值巅峰期的庞大商业组织中的商业领袖们。

他感叹，很多年没有这样与一大群“比自己聪明的人”共事了。他用一贯激昂、夸张的表达方式称赞着马云、俞永福、逍遥子（张勇）等人，以及这些人在商业中展现出的那种他从不熟悉的“神奇”。

可能高晓松、何炅、宋柯在与马云聊完，走出太极禅院那一刻，便真实地来到了“当下”。

“你原来做一个虚的知识分子在那，没有仔细考虑过很多问题，等你来到大企业里边，对整个思维、视野有巨大的帮助，天翻地覆的帮助。你甚至把以前看的好多书与历史都串起来了。这个吸引力简直太大了。”

白衬衫里的首席执行官

文 / 小肥人
采访 / 崔神　小肥人

“时代快没用，我能干到多少岁啊！阿里（音乐）之后，我真不会再做了。”

面子、江湖与吃相

我们进门时，宋柯正背对门口，扭头跟与《博望志》记者擦身而过的同事交代工作。阿里音乐全公司陷入发布会前的快节奏里，以高晓松与宋柯为中心的员工更是如此。

董事长室内没有坐班办公的迹象，它更像一间会议室，正中间摆着一套有些古朴的实木餐桌。来访的两人摘下书包，在对面坐定，白衬衫里的CEO从饭盒上半抬起头，右手攥着筷子，目光越过眼镜框上沿打量过来，问道："吃了么你们俩？"

"吃了，吃了。"

"再来点？"

"不用，您先吃着。"

"成，咱边吃边聊。"

宋柯起身到墙角的塑料包装袋里抽出三瓶矿泉水，往每人面前戳了一瓶，坐回原位，点了根烟——全部动作在交谈中完成，杵在凳子上的俩人，甚至没摸到与大佬客气一番的契机。

如果你对多年来各种场合宋柯的衣着有留意，可以很容易获取一个信息，他中意衬衫，具体地说，是白色衬衫。尤其在人到中年，体型却保持得不错的前提下，这种着装习惯，搭配周到的行为举止，可以令他自觉得体又独特。

当然，宋柯的语境里鲜少用得上这样的词汇和表达，他对自己有一个意思大体相同的评价，叫作"有面儿"。

在现代工作与生活中，有面儿也能成为一种生存技能。4年前，他与高晓松自掏腰包，高调入主恒大音乐当高层；2015年双双离职，多少令人有些意外，个中缘由当事各方绝口不提，但宋柯、高晓松二人对外有个一致的完美口径：合约期满，友好分手。

这与此前高晓松携《晓说》团队移师爱奇艺如出一辙，作为核心人物，职业在同行业竞争对手间却能自由切换，高晓松当时撂下一句："大家都还是朋友，山高水长。"

在宋柯的概念中，这简直是"北京孩子"与生俱来的天赋，背后是对三个平行事物的认知，"知道什么叫'有里有面儿'，知道怎么'混江湖'，知道怎么'吃相儿不难看'，其实就是这几句话"。

这份天赋让他们身着白色软甲，以另一种姿态游走于商业江湖，给二人提供了充足的安全感，又不影响对身段变换的需求。它是一个基础却又关键的因素，从华纳、太合麦田、恒大再到如今的阿里音乐，宋柯与高晓松没跟老东家红过脸，甚至从未在公开场合有任何龃龉传出。"本身是做音乐这么美好的一个行业，还每干一件事都制造一大堆敌人么？不需要。"

"我觉得我跟晓松，我们俩都还挺有面儿的。"

声誉与心结

5月初那个下午，宋柯与高晓松分别坐在阿里音乐7楼两个会议室里，通过同事相互打听了对方的行踪，但未谋面。他们在各自的房间里，分别要应付一拨记者与一份快餐。

按宋柯的说法，这份工作带给他的劳动强度是前几年的10倍，幸运的是，他已慢慢适应这种快节奏，并正在努力抓住一份险些从手中滑走的音乐事业。

随着年龄增长，他在一定程度上丧失了对内容制作的热情，这在恒大音乐时期表现得很明显，任期内他仅签下了大张伟一名歌手，按其自己的话说，就是“意思意思，没怎么动”。

老搭档高晓松习惯于将音乐制作比成老中医：一要经验，二要把脉，三要看脸。一般来说，中医被诟病之处，就在于准确性不够高，可相较之下，音乐的可预测性甚至还远低于中医。年初，高晓松曾在一次演讲中放话：“全世界如果有一个数据分析机构或个人，能准确看出所有内容的价值，这个人就是世界首富。”

可在宋柯的记忆里，他最早扎根于音乐产业的核心技能，正是来自对内容的市场判断。20世纪90年代初他赴美留学，待了6年，在偶然淘到的一本名为《音乐商业》二手书的指导下，完成了对唱片工业与版权经营的启蒙，同时一个有趣的发现令人兴奋——年轻的留学生经常买唱片、听电台，每当他对被推向市场的新人感觉不错，三个月后，此人“准火”。

被问及当初对谁的判断令他最为难忘，宋柯抽了口烟，乜斜着略作思索，老道地先做了一番舆论防御，笑言这话现在说来要挨骂，随后抛出一个后来蜚声世界的名字——Nirvana，“刚到美国就听，觉得太好听，太牛掰了”。

有里有面儿的分寸感，不会让他沉溺于无法自证的事例，反而快速将话题移开并主动拉低姿态：“不是吹牛，我是有点这个（判断内容的）能力，可它只能说明我不是一个很怪的人，审美跟大众一样（而已）。”

抛开演义式的叙事结构对细枝末节的影响以及宋柯本人的自谦，他在过往20年中，持续证明并放大了这一优势，以其名义出品监制的唱片中，有5张是年度销量冠军。“小朴（朴树）当年那揍性，耷拉个头发，结结巴巴话都说不利索，可我和晓松一见（他）就喜欢。”

那些耀眼的数字给他带来了巨大声誉，也成为言退时唯一放不下的心结。在宋柯看来，自己多年来的成绩与积累，放眼欧、美、日、韩任一国家或地区，都将为他造就大亨甚至行业首富的地位，可唯独在中国不行。

在陪高晓松赴杭州见马云之前，宋柯募了一支基金，做起了娱乐项目投资，顺便还在刘晓松的A8音乐公司挂职独立董事。投资这份被业内普遍称为“人生最后一份职业”的工作，他做得挺悠哉，一周看俩项目，投后监督监督……慢节奏、随性的状态下，投资工作更像是退休的前兆。几年前那场戏剧性的“卖烤鸭”事件后被证实为乌龙。对宋柯来说，大梦将醒，连句告别的话也没留下，当然心有不甘。

“我们60后肯定是理想主义者，我是不爱提（理想），但总觉得就算投资做得不错，音乐行业总觉得有点‘灰溜溜’的感觉。”

“于谦”与大师哥

宋柯早年在三里屯有个小酒吧，是他华纳时期与几个朋友合伙开的，圈子里不时小聚。2006年世茂工三动土，据点遭拆，“哥几个心里空落落的”。偶然的机会下，他结识了一个优秀的烤鸭厨师长班底，又在CBD黄金地段以“令人发指的低价”盘下一个店面，这让在太合麦田经营得意兴阑珊的宋柯动心了。

基于媒体圈的好人缘，饭店开张后，宋柯被包装为一个投身餐饮行当的唱片业大佬，成了某种意义上的悲情人物。“很多报纸上我提溜着鸭子，戴个厨师帽，媒体就喜欢这个，我说你们是爽了，可我哪有这么惨啊！”

音乐版权价格走低是事实，宋柯和高晓松入市抄底也是事实，恒大音乐在二人治下的三年内，连续大手笔的版权收购算是开山作，音乐也借此成为恒大文化体系里唯一的盈利资产。尴尬只是来自高晓松在某次采访里的一句话。

高晓松当时将宋柯开店的事定义为“做局”，这把宋柯气得够呛，在《博望志》的采访中还再次表达了对老搭档的批评：“他净瞎说，我们跟人‘玩儿一攒儿’？这让当年帮忙的朋友怎么看？”

在老学弟成为脱口秀明星之后，他被占了不少口头上的便宜。2015年上半年某期《晓松奇谈》中，高晓松曾爆出宋柯早年赴美求学期间在拉斯维加斯艳遇的猛料，这让宋柯听了又拍桌子，说高晓松记错人了：“我去拉斯维加斯，多穷的学生啊，还有钱给人家姑娘？自己都快回不去了！”

宋柯现在也想开了，跟老搭档在一块，自己只能当“于谦”，“他也只能拿我打镲，老觉得‘反正你名声都这么坏了，就再承担点吧’，哈哈”。

可既是合伙做生意，就没不吵架的，宋柯、高晓松也不是从不犯矫情。春节前后为工作的事还呛了一次火，可如今回忆起来，二人都想不起来起因是为了啥，就记得何（炅）老师坐边上，有点傻眼。

按高晓松的说法，小事可以掰赤，大事一般听他的，尤其是关于事业选择上。当年唱片业“四大”之一的华纳入华，他与对方进行了先期接触，“90年代嘛，一般都派港台的人来管，我给人讲了半天他们的缺点，后来给说服了”。

随后对方干脆把他们的麦田音乐收购了，大家每人换了张名片。2004年与麦田音乐合并的太合传媒，则干脆是高晓松发小开的。后来入职恒大，也是高晓松先去见许家印。“我到那儿待了半年，先鼓捣一通，把位置腾好了，然后老宋带着队伍过来。”

宋柯眼里的高晓松是一个大而化之的人，超级乐观主义者，“什么事儿都还没干，经他一说就是‘已经成了’，然后结果还真成了，所以他下一次就还这么说”。当然过程中，老宋还得撅着屁股干活去。

老男人间的相处之道很讲究，高晓松跟老狼年轻时还曾吵架吵到互不理睬，但放在宋柯这，俩人从没有“隔夜仇”。从最初相识，宋柯就担任着大师哥的角色，对从白衣飘飘的年代走来的人，这种身份天然有效，无可更改。因此密友的关系之外，那份互相尊重在多年合作中起了更加决定性的作用。

星球上的“前店后厂”

宋柯2015年夏天过完了50岁生日，进入一个偶尔需要主动告诉别人“不觉得老”的人生阶段，工作节奏里，他说自己的感受仍然跟一个30多的大小伙子没啥区别。“滚石段老板[1]这都60多岁的人了，那还干呢，没事儿！”

但情感上却没那么年轻，他开始能为老友相聚而动容。比如此前高晓松登上《我是歌手》舞台，助阵老狼完成了一场不完美的演出，他在台下感动不已，并且强调音乐现场的意义，绝不在于还原唱片效果，在情怀感染下，反而瑕疵亦可被视为魅力之一。

关于阿里音乐将是职业生涯“最后一站”的说法，对两个老江湖而言，乍看有些武断，甚至阿里大当家马老师最近在宴客时还以此为话题，开两位才子的玩笑。但在宋柯心里，他全然不抗拒这一提前做出的结论。

“何苦呢？时代变化这么快。”

“时代快没用，我能干到多少岁啊！阿里之后，我真不会再

---

1 指段钟潭，即《最近比较烦》里的“老段”。

做了。”

在他人面前，宋柯会习惯性地以特有的腔调将马云称作“马老师”，发音重点在第一个字上。在入职阿里，近距离观察互联网前沿弄潮中的首富后，他得出一个结论：马云这人，确实挺有意思。

宋柯最近看了一部关于阿里巴巴企业成长的纪录片，片中涉及的视频资料之翔实，令这位年过五旬的前唱片业大佬感到触动。“马老师1999年开始创业，一路上重要的历史阶段，比如建淘宝啊什么的，居然都有人旁边拿机器给他拍着。”

他下意识地拿自己做对比。1996年，高晓松为了笼络刚回国的宋柯，把名下广告公司直接改为麦田音乐，起步时间甚至早于他们如今的在互联网圈呼风唤雨的老板。“你说我们这还是干娱乐行业的呢，都没想到当时应该留个视频、照片的，这就说明人的这个信念之强大啊！”

2015年为了阿里音乐项目第一次陪高晓松见马云时，宋柯就给马老师算了笔账：国内年度音乐产值大概在2700亿元人民币，刨除KTV在内的几百亿周边，再挤挤水分，也能剩下2000亿元左右的市场规模，若两位老炮儿有本事撬动其中哪怕仅30%，阿里音乐也会是一单600亿的大买卖。

这笔账算下来，阿里巴巴老板明确了项目，宋柯、高晓松也明确了战略——必须用大平台才能撬动千亿规模的音乐市场，并最终启动了这个名为“阿里星球”的超级APP。用宋柯自己的话说，这是一个跟音乐全产业链挂钩的、可交易的、粉丝和商家的互动娱乐平台。

一个很形象的比喻是“前店后厂”，所谓在水库吃鱼，在牛羊肉店吃烤串。用户群同时覆盖B、C两端并尝试使其融合，如创作人之间的交易与合作中，其成品或者半成品均可直接被粉丝圈围观和消化。

此外，用理想去衡量的话，宋柯借此产品也将有机会重构音乐创作格局，原本98%的资源永远围绕着2%的人在转，但在阿里星球上，剩余98%的人或许有机会在更加对称的信息环境里，拿到更多资源与服务。

阿里音乐送给宋柯的另一个惊喜，是高晓松身上悄然的变化。以往在具体事务上很少参与执行的董事长，主动在发布会前规划嘉宾名单并推进邀请事宜。在《博望志》采访时，那份商讨中的列表已经誊在了对面的玻璃板上，他对着那些油笔写下的名字，乐了，“阿里能改变人改变到这个地步”！

赋格酒吧的唱片店老板

文 / 小肥人
采访 / 小肥人

到如今，作为老板，蔡序也从没有正面定义过赋格是一家唱片店、咖啡馆，抑或是威士忌酒吧。

1

穿跨栏背心的客人的朋友死了。2015年4月，他来到赋格的吧台，点了一杯波摩威士忌，说那天是朋友忌日，二人以前来赋格喝过酒。

蔡序站在吧台内侧，点了点头，没说话。

我第一次知道蔡序就是豆瓣上那个“鲤”的时候，竟没有很吃惊，除了发现此人生活里的待人态度，比网络上还要高冷不少。

和平里煤炭大厦背面的社区叫作煤炭科技苑，位于北京城北二环与三环之间，这里居住着相当比重的老年人，以煤炭部离退休人员为主。按官方资料来看，该社区不过0.1平方公里，也就是说，300米见方。

社区核心位置，十分奢侈地辟出一块不小的绿地，这些植被覆盖之余，留出了一个水泥砌成的下沉广场，广场中心是圆形的二层独栋小楼。我2014年第一次来，是因为付强把采访约到了这里。

那天下午，不成器的投资网站主编与装腔作势穿着高级西装的社交APP创业者在尚未到营业时间的店前等了半小时，并最终得以入内，完成了一些装×的交流。

“赋格”这家店的真面目，在剥开三层后，我才稍微看清楚。等待期间，付强以一副熟客嘴脸淡然以对，未向身边的我多做介绍。从外部打量一番后，我发现二楼窗边能看到堆放着不少封面并不太新的黑胶唱片，初步得出打口&二手唱片店的结论。

但进入店内，端着一杯“美式”坐下后，我又恍然将其认作一家咖啡馆。事实上，直到第二次来到赋格，恰逢夜晚，我才终于瞥见吧台内那满柜高低错落的威士忌酒瓶。

也不怪我愚钝，因为到如今，作为老板，蔡序也从没有正面定义过赋格是一家唱片店、咖啡馆，抑或是威士忌酒吧。相反的是，他似乎也满足于完全以自我兴趣糅杂出的多元和复杂性，当有人问起，蔡序会以一种暧昧的态度，淡淡地讲，这家店就叫赋格，没后缀。

在权衡并舍弃了暗房业务后，赋格如今的业务线剩下唱片、黑胶唱机以及酒水三类商品的贩售。两年的经营中，蔡序成功地推敲出一套实用主义理论，并完美嵌入赋格——黑胶唱片销量少、毛利低，却能吸引客人前来，并最终落到酒水这类高利润率的生意中去。

你能发现，可以轻松地将这一套实用主义理论套进时髦的互联网语言，前者是流量入口，后者是变现手段。

2

2016年年初，付雄在北太平庄的蓝线唱片店关张了，或许是2015年年底，我不知道。

这家从打口时代走出来的传奇唱片店，连每年12万元的房租都已经无力承担。唱片，很久以前就不再是个好生意了，包括被西方舆论“复兴”了数年的黑胶在内。

虽然赋格二楼有近万张黑胶唱片的生意仍在经营中，但蔡序不讳言，黑胶复兴毫无疑问是“美丽的幌子”，尤其在中国大陆市场上，全新的进口正版黑胶唱片价格平均要在260—300元左右，而好的唱机与音响的价格更是可以高得没边，高壁垒下的过时介质销售，能有什么想象空间?

蔡序可能是从贩卖唱片这个行当里挣钱的最后一拨人。

他在豆瓣上的账号原本叫“鋰鋰鋰”，寡淡的行事风格不断在压缩表达，几年后，索性把ID改为一个“鋰”字，这种导向下，签名只能用一个字母了,L。在豆瓣上，鋰最广为人知的是在音乐品类下的资源分享和评论文章，并且管理着数个颇具分量的小组，被近8000人关注。回想起来，这是个堪称KOL(关键意见领袖，英文Key Opinion Leader的缩写）的存在。

2010年春天，打口青年已经晋级为黑胶玩家，由于不满足于小打小闹，蔡序跟朋友凑了两万多块钱，通过一个名为叶勇的人，从汕头搞来一吨黑胶唱片。考虑到叶勇是北京城里一度十分有名的打口贩子，加上特殊的计量单位，显然这批黑胶唱片也是来自那些年十分流行的洋垃圾货源。

那批货质量不错，按照该行当的标准，这就意味着其中会有比重不低的主流摇滚乐队专辑。合伙拿货的朋友在家里辟出来一个房间用来存货，二人合计的算盘是“试卖三周，卖多少算多少”。

鋰鋰鋰在豆瓣上各个音乐、淘碟小组发了大量的唱片转让帖子，他在这家文艺社交平台上几年来积攒的声望与资源得以一次性变现。那段时间，二人每天窝在“仓库”里从早晨盯到晚上12点，迎来送往，短短两周时间里，卖掉了两三千张黑胶唱片。

黑胶唱片精美的装帧也形成了独特优势，那批尾货最终被一位客户一次性包圆，拿去做室内装潢了。

后来有人告诉蔡序，近几年一些欧美奢侈品牌流行起一种名为“游击店”(Pop-upStore)的销售模式，指一些在出人意料的地方突然开业又关闭的临时性店铺。几年后，那次小试牛刀意外地被定义为领先于时尚前沿数年的销售模式，让他有些得意。

自那之后，陆续又做了几单玩票的黑胶买卖，蔡序在碟片圈儿里多少有点声名鹊起，一位看准了CD颓势的唱片店老板A找到他，表达了对他数次以来线上营销的肯定之余，希望合伙开一家黑胶唱片店。

玩得兴起的蔡序马上动心了，可按他的话讲，不是A打动了他，而是他自己打动了自己。道理很简单，谁不想拥有一家自己的唱片店呢？

当时沉迷于爵士乐的蔡序，给开在钱粮胡同的唱片店挂上了“Strange Fruit”的招牌。这个名字来自美国20世纪爵士巨星Billie Holiday的一首歌，歌词描写了黑人被吊在树上烧死的情景，其名称则来自一首反种族歧视的诗歌。这种具有厚重悲剧意味的标签词组显然十分能打动年轻的文艺青年，从音乐里寻找商业品牌的习惯，也被延续到下一次创业中。

Strange Fruit那位合伙人显然还保留着打口贩卖者的草莽习气，按我以前在全国各地淘碟的经验来看，那些不同地域不同背景的打口店老板们，多数有一些逃不开的共性——营业时间随意，随时随地显得睡意昏沉。我曾在太原一家打口店里，愣乎乎地问过一位光头老板：你怎么跟我在石家庄认识的某打口贩子一样，一到下午就困？大哥乐了：这叫随时沉浸于音乐，懂吗？

在蔡序的买卖这，两人几乎是在“喝多了不按时开店”“高兴了白送朋友唱片”这类琐事上消磨掉了合作基础。2013年元旦当天，他结束了与这家店铺以及A的商业关系。当年春天，Strang Fruit也宣告关张。

3

Strange Fruit留给蔡序的最大财富，是对单一麦芽威士忌的启蒙，在店主租给他们的那间平房里，有满满一柜子威士忌酒留在房间没搬走。结缘不久，他就又在一位白富美朋友的家宴上，喝到一瓶卡尔里拉12，苏格兰威士忌特有的泥煤味让这位初哥频频摇头。

可能是这种混合着烟熏的消毒水味道的初体验实在令人印象太过深刻，在机场免税店再次看到这瓶酒时，蔡序忍不住自己买下一瓶，当天要出差去新加坡，他拎着酒瓶上了飞机。

然后，经济舱的空姐不得不给这位坐在局促的经济舱座位上的小伙子拿来酒杯。她发现，六小时的飞行里，这位乘客居然就着一本书喝下了半瓶威士忌，以至于自己不得不接长不短地在附近徘徊，并投来审视的目光，没人知道这是不是个准备喝多闹事的酒鬼。

蔡序没闹事，但真是喝高兴了。随后在新加坡的几天，他让朋友带着在这个威士忌消费大国跑了不少酒吧，喝到不少奇奇怪怪的品类。这个早年沉迷过唱片的打口青年，用飞机上的半瓶酒彻底撬开了自己对威士忌的兴趣。他通过音乐于听觉上追求的那种高层次的细腻享受，完全可以由威士忌在味觉上提供出类似体验；他甚至可以在其中寻找到淘碟一般的快乐——这些酒从工艺、年份甚至所使用酒桶上的差别，能塑造出完全不亚于唱片在版本和品类上的复杂性，无论品味还是收藏，充满乐趣。

蔡序放弃了国企建筑师工作，他把赋格在这个二层独栋上的改建，看作自己告别建筑行业的毕业设计，使用大量未上漆的条状木板铺陈出了圆形楼体，就像一个用来熟成威士忌酒的大型橡木桶。

从玩唱片时传承下来的对版本和品类的追求，也赋予了他和赋格在酒水经营中更独特的审美。

5月初的一天，蔡序又在朋友圈晒酒，是两瓶山崎12年渡边美树选桶，这是由日本酿酒的第一个蒸馏所山崎出品的一款威士忌。山崎在威士忌酒吧中并不鲜见，但这款酒特殊之处在于，系日本和民公司创始人渡边美树选择的酒桶所酿造。在即将成为新任店长的小金看来，正是“序哥”这种在小众版本上的追求，才使得赋格在北京威士忌酒吧圈成为一个比较特别的存在。

4

瘦削的男青年戴着无边框眼镜，耳边两侧头发被剃得很短，头顶长发则向后梳起一个小辫，站在赋格店里靠近门口的墙根底下，发起愁来。

几分钟前，这位操着江浙一带口音的年轻人凑到吧台边，礼貌地与蔡序搭话，咨询在售的黑胶唱机的问题。被店员指引上楼挑选一番，约莫半小时后，抱着一台唱机下楼，取出借记卡，刷掉3000多元人民币。

完成这次冲动消费后，他以左手扶着右胳膊肘，右手拇指托住下巴，蜷起的食指则抵在鼻子下沿，作沉吟状，开始为一个购物的基础问题发愁——如何将机器运回1000多公里外的杭州。

因为唱片慕名而来的小伙不善言辞，可显然其不太走运，因为那个当下，陪他站在唱机前一起沉默的北京胡同里长大的赋格老板，比他话还少。

由于采访被打断，我坐在不远的吧台边刷手机边等蔡序，在独自喝完一杯被冰块稀释掉的盛贝本威士忌后，终于听到两句打破桎梏般的对话，蔡序拒绝了对方要求安排物流公司配送的请求，年轻人最终自己扛走了机器。

折返回来的蔡序准备重新投入到《博望志》采访中，在多少有些尴尬的沉默中完成的那一单买卖，丝毫没有对他形成困扰。在记者追问下，他简单做了几句解释："以前唱机寄坏过，没必要招那个麻烦，另外，我的东西好，要价公平，我也不赚你那点运费，你愿意买就OK，不愿意就……"我后来猜，他的回应，也就是发生在一次人物采访中，基本上，此人甚少有向他人解释自身行为的动力和兴致。

5

付强第一次来赋格时，对店内音乐印象深刻，在他看来，一家酒吧在营业期间播放巴洛克音乐，本身就是一个前所未有的体验，"赋格"本身，就是盛行于巴洛克时期的一种遁走曲音乐体裁。

按照蔡序的说法，赋格这个名字，来自他一段对德国大键琴家赫尔姆特·瓦尔哈演奏的巴赫十二平均律BWV883的聆听经历。事实上，这类音乐的聆听门槛并不低，按他的话说，侵入感很强。

他承认，在经营初期曾全凭兴趣爱好行事，但从早年贩卖唱片开始，蔡序持续体现着不错的商业直觉，音乐上多少也有应对与妥协，在经营一段时间之后，赋格的店内音乐已经以更轻量级的波普爵士为主了。

想必蔡序心里有个相对明确的“度”，起码，绝不会有“动次打次”在这个小独栋里出现。“有些酒吧员工还穿挺好的西装去上班，可放那种音乐真有点丢人，跌份。”

包括店门口张贴的那张写着“醉酒者勿入”的A4纸，也在固执地帮助维持蔡老板心里的度量。赋格的内部调性，显然无法匹配喝大酒的那一类酒客。蔡序曾有一次亲自出面，将几位大声喧哗的大叔请了出去，并十分客气地附上一句赠言，叫作“下回别来了”。

在小金眼里，虽然都是贩售酒水，但赋格这类酒吧与所谓“脏街”、夜店完全不同。脏街原本特指为三里屯后街，在这位店长的介绍里，它是那一类价格低廉的酒吧统称，例如，雍和宫附近的五道营胡同里，就有一家以便宜著称的脏街酒吧，能用最低的价钱买到最高的酒精量，完美适合买醉人群，但第二天起床一定头痛。

所谓夜店就更加典型，顾客进来，点一个卡座，一瓶芝华士，赠你几瓶红牛，兑着喝吧，也没酒味儿，都是红牛味儿，两三杯下去，脸就红了。

但在赋格，同样是通过酒精这种介质，客人抵达的情绪和状态完全不同，甚至单纯在酒精量上，便大有差别。2016年年初，小金看到蔡序在赋格开了一瓶高原骑士30年卖单杯，就有点懵。

这种给价格昂贵的酒“开单杯”的能力，被蔡序视作赋格实力的体现。所谓一个Single不过30ml，通常一瓶威士忌开单杯，就意味着要出25杯左右才能卖光，如果客流不足，销售渠道不畅，这种压货的成本会为店家形成不小的困扰。

蔡序却乐此不疲，反倒盼着有些绝版酒卖得慢一些，面对一些乐于坐吧台、积极交流的酒客，他甚至会为其开多杯Half，以便对方以较低的成本品尝更多种类的酒水。

6

蔡序一直以来十分欣赏日本人开酒吧的态度，如今的赋格，很像是一个传奇老店的故事开头。只是在这个故事里，我们和那位文艺又闷骚的老板一样，忽略了两个问题：

作风一贯Old School的蔡序，今年（2016年）不过刚满30岁。

赋格开在北京，现在是21世纪的第二个十年。

这是两个至关重要的因素，置身在当下的十年里，整个北京城都躲不过一个叫作“创业投资”的主题，刚过而立的蔡序如何能抵抗？

当我得知Ezzy创始人付强、MONO猫弄创始人于向飞都是赋格熟客时，终于大致上明白了蔡序的痛苦所在。

2014年秋天的一个晚上，赋格生意出奇地好，这家开业不久的小店单日流水轻松突破1.5万元。天上飘着小雨，蔡序叫来一辆车，送走了最后一位女客人，关灯坐到吧台边上，在店里甚少饮酒的他，一杯接一杯干掉半瓶干邑白兰地和数杯威士忌。随后烂醉，断片，一直吐到第二天下午。

他说，这是第一次强烈觉得自己被拴在笼子里。

一年后的那个夏天，赋格的生意又进入高峰期，一拨熟客每天聚在他们的“深夜食堂”里醉生梦死，蔡序那个时期赚了些钱，但又开始每天打烊后陷入恐惧的情绪里去。

“你不能去对标深夜食堂的老板吗？”

“想过，可那是自取其辱。”蔡序才30岁呀！

2016年春节后，他终于为自己找到一个完美的解决之道，去被裹挟，去为赋格融资、扩张。为了采访事宜第二次见面时，他拿着一份商业计划书的打印初稿给我看，从行业趋势到目前的单店财务业务分析，已经很清晰了。

他的朋友，一位研究哲学的大姐来喝酒时，曾语重心长地对他说："你呀，还是太年轻，这么拼，去得到更多，可有朝一日你还是会回到原点。"

蔡序说他知道大姐说得"特别对"，却没说自己如何辩驳，就上楼帮客人调试唱机了。

回来后，他告诉我，刚才在楼上想到黑塞写在《悉达多》里的一段话，是这么说的：

"我通过我的灵魂与肉体得知，堕落乃为必需。我必然经历贪欲，我必然去追逐财富，体验恶心，陷于绝望的深渊，并由此学会去抵御它们。学会热爱这个世界，不再以某种欲愿与臆想出来的世界、某种虚构的完善的幻想来与之比拟。学会接受这个世界的本来面目，热爱它，以归属于它而心存欣喜。"

与姚谦聊天

文 / 左蘅
采访 / 左蘅　邱清月

2005年离开维京唱片后，姚谦成了“自由文化人”，策展、写专栏、拍电影、收藏艺术品，偶尔写歌，或当当顾问，却不再花大力气打造明星。

7月，蓝色港湾的咖啡馆二楼盛放着音乐和交谈声。

一袭黑色晚礼服前短后长，淌过拐角，镶着金边的后摆旌旗飞扬。女人特有的高分贝声线，从这一袭豪华服饰上方骤然开启，砸向所有沉浸于低声交谈的耳朵，她告诉手机那边的人必

须马上赶到咖啡馆，带着命令的口吻，一边说一边铿锵迈进洗手间，红色木门被用力关上之后，仍有余怒伴随斥责声传出。

姚谦中止了与记者的谈话，抿嘴微笑，挑起眉毛，又吐了吐舌头。

“笑什么？”

“（笑）某种土豪的自信吧。”

眼前这个55岁的男人有点累，但精神不错，善于调动全身感官来表达自己，或干脆设身处地地临摹，让场景再现。

交谈时，为了确认某个观点，他会凑近一点，低着下巴，越过眼镜上方看向你。自然卷的头发慵懒地向后躺着，他会在思考时，随手抓起一绺绕上几圈。

叙述时，他的眉毛不咸不淡地舒展于眼睛上方。情绪多了一点，眉骨尾部则倏地端起棱角，有了点“兵气”，这才瞥见当年唱片江湖中那位“笑面虎”的影子。

一位朋友曾经告诉他，人过中年，女人会越来越像男孩，男人会越来越像女孩。

江湖不远

因为住在附近，姚谦喜欢约人在这家咖啡馆见面，见《博望志》之前，他刚好与人谈完下一本书的出版计划。甚至连座位都一样——他坐在最里面一排靠墙的沙发上，那里可以一览整个二层的情况。

“这里是最安静的。”他说。

2016年3月，姚谦多了个头衔：乐视音乐高级副总裁。很多人说他“重出江湖”，更多人的反应是：“哦，那个作词的。”实际上，与其创作几百首歌词的时间相比，他历经海丽、点将、索尼、维京等唱片公司的宣传、制作、管理工作的时间，恐怕要多得多。

离开维京唱片后，姚谦自己创立娱乐公司，还多了重“自由文化人”的身份，似乎成了闲云野鹤。几年前更是进入半退休状态：策展、写专栏、拍电影、收藏艺术品，偶尔写歌或当当顾问。

这种若即若离，乐视音乐CEO尹亮看在眼里。2016年年初，姚谦一直在为其支持的纪录片寻找小额赞助，这样就不会对内容创作有太多干涉。因了这个机缘，尹亮与他第一次见面。谈话中，姚谦才知道对方“醉翁之意不在酒”。尹亮说整个音乐行业结构、逻辑发生了根本改变，他猜测姚谦这些年的“淡出”与传统唱片业已经无法吸引他有关。据说那次谈话持续了4个小时，尹亮介绍了乐视的生态布局，并谈了他对乐视音乐未来发展的构想。第二天，尹亮就向姚谦发出了邀请。

采访时，尹亮的办公室正播放着一部关于林俊杰的纪录片。继音乐直播、自制节目后，乐视音乐准备尝试一些新的东西。“我们现在都是直接跟艺人对接，”尹亮说，“而姚谦知道艺人需要什么。”

因台湾综艺教母张小燕的一句“最懂女人心”，在之后的很多场合，姚谦的名字前多了类似前缀。分答上，又有人如是问，姚谦低低地回答“其实不太懂”。

不到一个月时间，姚谦在分答上回答了500多个问题，收入3500多元。这个为了宣传“金曲问”的开始，渐渐成了他的习惯，并成功开启新世界大门。比如，不止一人让他对比乐视音乐和其他音乐公司，也不止一人让他推荐一些做爱时适合听的音乐。对于前者他委婉地说不了解，对于后者他则直接把主动权交给了科学。

姚谦没想到那么多人提问，于是把价格从1.11元提高到11.1元。他认真地告诉记者，这是一个策略，这样提问的人会少点。

最新报价是22.2元。

小试牛刀

乐视音乐与乐视体育在一起办公。因为着装，姚谦一开始会错把乐视体育的人当成乐视音乐的人。后来他发现大家可能受尹亮影响，着装偏朴素、深沉，第二天开会，他调侃地说希望大家像他那样，“把所有颜色穿在身上”。

姚谦确实会穿衣服。见面时，他的穿着乍看低调，细节处却有不费力的小心思：蓝白相间的竖条纹衬衣，口袋和衣摆处的条纹偏偏转了一点方向；裤子不能说是九分裤，但坐下时刚好露出脚踝；黑色休闲鞋如果不加注意，你大概不会发现鞋尖上的镂空花纹。

官方介绍里，姚谦负责乐视音乐生态的上游资源整合、艺人开发、版权管理及内容创意研发。很快，他争取到第27届金曲奖直播权。根据乐视数据，其在线观看人数突破了第58届格莱美颁奖礼的观看纪录。

原本金曲奖直播将由阿里音乐负责，姚谦赶在正式签约前见了台视相关负责人。他提议由乐视和阿里一起来做，并将价格提高10%，随后又直接跟阿里音乐集团CEO宋柯表达了相同意思。“他二话没说就答应了，”姚谦说，“他们也可以降低成本，因为坦白讲（这部分）他们还在新建阶段嘛。”

在乐视音乐公布姚谦加盟消息的前三周，姚谦已经开始工作，并约年轻员工在咖啡馆谈话，了解他们的工作内容和思维方式。

出乎尹亮意料的是，姚谦提议在金曲奖直播前推出一档叫《金曲问》的节目，并想着找一个“像papi酱那样的女主持人”。“我发现现在90后，有一些人是不认识金曲奖的。”姚谦说。于是，这个节目的短期战略是做有关金曲奖的知识普及，长期来说姚谦希望将其发展成普及“金曲”的常规节目。

每集《金曲问》约五分钟，姚谦对内容的顺序设定是：利落的提问，有趣的回答，然后是视频资料。视频并不精致，但观众能在视频中看到苏打绿、蔡健雅、常石磊等一众明星。“我还是懊恼没做好，”姚谦说，“红地毯的一些客户我都认识啊，如果可以带进来，我就有资金把《金曲问》做好啦。”

《金曲问》统筹艾盼盼对姚谦的印象是“亲力亲为”。公关黄瑞也记得在制作《金曲问》期间，14人的工作群里，姚谦曾经大半夜跟人聊剪辑问题。

他甚至自己剪辑视频，一些年轻同事负责审核并提出修改建议，姚谦委婉地回答：“我已经20年没进剪辑室了，（如果有做得不好的地方）请多包涵。”金曲奖直播后，他想着跟一帮年轻人讨论接下来的计划，却发现大家已迅速奔赴下一个直播。“他们都太忙了。”姚谦说。

一次寻求节目帮手时，他看到一些年轻孩子低着头，“没有人搭腔的，很怕被我点到”。他觉得“现在的孩子太聪明了”，或者是“某种狡猾”。但他也见到好多“热血青年”，特别愿意承担事情，姚谦对他们有另一种担心，“他（的热情）可能很快被消耗掉，会对自己的信仰产生怀疑”。

艾盼盼没想到姚谦为《金曲问》设想出“金曲姐”这一角色，并为其开设微博，这似乎不是那一代人做的事情。

姚谦常跟同事们开玩笑：“乐视音乐只有一种审美，男性荷尔蒙审美，什么都是放大式的……攻掠式的。”艾盼盼记得当时团队为节目想口号，成员们摆出的阵仗类似于“无乐视，不什么什么”，或者“乐坛风起云涌，金曲什么什么”，“姚老师说NO，NO，NO，不要这种，”艾盼盼一边回忆，一边模仿，“（他觉得）要中性一点、俏皮一点，不要男性荷尔蒙的这种。”她记得姚谦举了个例子：“宝宝知道，宝宝不说。”

“不只乐视……大家都觉得‘嚣张’是一种审美，是一种主流。”姚谦对记者说，“女明星就那几个拍照模式。”说着，他开始模仿典型表情和姿势，甚至站起来大刀阔斧地比画。看的人在笑，他却无半点戏谑，让人觉得这就是一件严肃的事情。“我常常觉得郭敬明都还要威武地站着拍照的时候……坦白讲，台湾女星，或者日本女星（在拍照时）手会放松，但‘冰冰们’即使做性感的（拍照姿势时）也是武装的，都有明显的符号加在身上。到今天为止，时尚杂志的封面，只有中国版还是这样。”

但他也发现了大陆的变化，比如上海就已经开始不那么“男性荷尔蒙”了。而当初，在北京对姚谦构成的众多吸引中，那“男性化的、有些粗鲁、无理、超越其审美系统的东西”恰恰占了一席之地。

城记

以前总是跟北京的朋友说，过两天要回台北，却在不知不觉中，我已经开始跟台北的朋友们说：过两天回北京了。

——姚谦《从台北到北京》

姚谦一直忘不了1988年第一次到北京时的情景：城市灯火昏黄，人们的生活“浪漫而隐约”。然而他还是被惊人的自行车阵仗吓着了，住在饭店里不敢下楼。

1995年，姚谦第三次来北京，见了很多音乐人，听见了让他印象深刻的歌曲《露天电影院》。当时他不明白，那些操着北京腔的年轻人，“为何每个人的身体里都藏着一个苍老的灵魂”?

2003年是姚谦的搬家年。他从台北内湖搬到牯岭街，并在北京选好了一处公寓。

在此之前，他的很多朋友都选择了上海，台北的文化创意大环境也不断改变。有时候，姚谦会觉得“自己像一个窜逃的败将般，面对自己熟悉的战场却力不从心，又想不出解答”。

这时，他嗅出北京那越来越多的机会，虽然很多观念有待沟通和适应，但他已决定过上“一半台北、一半北京”的生活。而今谈到台湾，他仍是“自家人”的直言不讳：“台湾的文化产业，就只剩下金曲和金马可以拿出来给别人看了。”

有必要复述他的一段文字：“所有素材在这时尚如洪流般的时代里，聪明的理解和精明的选择才是王道。”而地理位置的变换，确实辅助他完成了多次“聪明的理解和精明的选择”。

学工业设计的姚谦，毕业后成了日本本田汽车展示员，后因胃溃疡辞去工作，在家病休半年。那半年成了他人生的大转折：每天两部电影并着大量阅读，姚谦记得，《感官世界》就是那时候看明白的。他突然觉得世界好大，阅读方式也不单单限于书籍，紧接着，他把职业生涯密集地限于自己感兴趣的领域——出版社、电影公司以及唱片公司。

他从台南搬到台北，很快进入第一个回应他的海丽唱片。

1995年，姚谦转战初涉台湾市场的索尼唱片，不仅开始了真正的造星之路，也让他第一次知道了专业的分量。加入索尼之初，姚谦在多个国家跑了一圈，每一处都由当地索尼分公司接待。通过观察和交流，姚谦摸清了世界音乐潮流，也想好了台湾音乐市场的走向。回来后，他签下李玟，并让后者放弃了台湾本土芭乐歌，开始尝试与其形象更加符合的R&B曲风。

在维京唱片时，姚谦又成功推出萧亚轩。而赵薇在此期间出的两张专辑至今都被很多人认为是其最好的音乐作品，两张专辑上的形象，也并入赵薇最美造型之列。

姚谦曾在接受媒体采访时感叹：“刚出道时，我带张清芳，我们年龄相近，很好沟通；后来做李玟，她比我小15岁，叫我谦哥，也算同辈；再后来到萧亚轩，虽然也叫我谦哥，但感觉完全不一样了。”

距离

我一直喜欢跟自己玩游戏，也不停地跟生活玩着游戏，自娱自乐得厉害，到了中年后还是如此。

——姚谦《一堂关于人生的课》

当年被邀请为王菲写歌时，姚谦并不认识她，迟迟没有下笔。后来在飞机上翻到一则八卦：照片中，嫁给窦唯的王菲搬进平房，在北京的胡同里倒痰盂。姚谦一下被击中了，就有了那首《我愿意》。

他对快乐的定义是——“有朋友、自由、思想。没有爱情。”

2000年，姚谦失恋了，那也是他目前为止最后一次恋爱。几年后相遇，对方早已风轻云淡，姚谦却还是在迎面而来的尴尬中紧张起来，然后就有了蔡健雅的那首《记念》。那时姚谦发现，对方其实没有改变，只是自己原本喜欢的那个人，不存在了而已。

“我突然发现爱情只是你渴望的投射面。”他说。大概从30岁起，姚谦就明确了自己会独身，“我需要一个人（待着）的时间量，高到有点变态”。

不止一位女性朋友跟姚谦提起他有“亲密关系恐惧症”，姚谦接受这个判定。他说作为家中长子，母亲一直对其颇有期待。他也曾一度担心自己没有办法满足别人的期待。

或许因为是双子座，他经常同时阅读两本书，或同时做两件事，还会和自己玩游戏。比如他发现台北和北京两地的阳光色温不一样，“台北的阳光偏金黄，北京的阳光偏亮白”。于是，他常常“把一张画轮流放在这两个空间里感受着其中的差异”。

他可以一个人待着，却无法沉浸在只有几个人的世界里。他看到喜欢的事物也不会着急与人分享，“如果等到别人非常高兴我才高兴的话，就不是我想要的”。

在《相遇而已》一书的后记中，姚谦讲述了书名的由来。原本编辑建议书名由《美丽的相遇》改为《世间的相遇》，姚谦觉得可以，可是后来又改变了主意。他想到《相遇而已》，并回复了理由，“此名可以让我轻松一点，免去负担”。编辑笑着说他是温文有礼却又固执的人。

姚谦高兴地看到那么多年轻人喜欢纪录片《我在故宫修文物》，而他也正参与电影版的配乐工作。从参与金马奖评审工作开始，他就发现华语纪录片非常出色，也逐步支持了一些独立创作。

在看《我在故宫修文物》的过程中，他把面煮煳了两次，收获了一句颇有禅意的话：“以自身来观物，以物来观自己。”他把这句分享到朋友圈，配上了一张毕加索寥寥几笔的立体画。“专注是一种美。”他说。

他还对词语有点洁癖，比如他禁止家人说“小确幸”。他也不喜欢“我也爱你”这样的表达，“爱就爱，没有‘我也爱’。这是一种敷衍，是没有（经过）思考”。

中年之后

在宣布加盟乐视音乐的发布会开始前，已经有一群企业老板和姚谦约饭局。姚谦至今没有见过乐视控股集团董事长贾跃亭，他称这是“自我保护”。

尹亮说，姚谦很会倾听，谈话时他会专注地看着对方并积极给予回应。姚谦欣赏的人身上都有类似特质，比如马友友。“大多数时候他（马友友）都在表扬别人，关注别人，不说自己，”姚谦回忆，“他的笑容大得好像这个世界可以被他握住。”

工作中，姚谦不会发火，却有适度强硬。艾盼盼记得他会简单说出自己需要什么，会设置非常理性的工作节点，“你给我一个截止时间，我们现在要做决定了，不能再犹豫，不能再（继续）讨论了，（否则来来回回）没有结果”。

“我以前是会开除人的。”姚谦说。

很多人觉得姚谦精力充沛。尽管以前坐飞机时他从不托运行李，现在却不一样了。他一般每天早晨八点起床，以前都是醒来就起，现在听了医生建议，他会先躺半小时，床边的几本画册成了这半小时的主角，他也渐渐发现，“醒是一个过程”。

早上他一般会处理行政事务，在家里的工作桌上完成所有沟通。用微信处理三个业务，其余信息不会点开，等到下午或晚上再说，早晚各确认一次邮件。中午开始，与不同人会面，尽可能都安排在附近那家咖啡馆。晚上会比较放松地浏览微信，再看看电影，或继续写书。

如果不是电影看太晚，姚谦基本每天保持这样的生活节奏。他很少看鬼怪片，但最近看了日本电影《残秽，不可以住的房间》，“以房屋编年史的方式讲述鬼怪、阴影”。他惊喜地发现，比起以往刻意惊悚的镜头和过度煽情，这部片子有了明显进步。只是后来他又看了韩国恐怖片《哭声》，没想到，“哇，日本这次输了”！

这两年，姚谦多了一些从前没有过的思考，一些想法也来自几个台北的同龄朋友。比如，他正在准备遗嘱，“这是一种不要给亲人、朋友添麻烦最好的方法”。他说，每隔两三年修改一次，“你活越久，修改越多越周全”。他还在考虑把北京的房子让出，尝试一下租房生活。

他谈到张艾嘉早年一个关于中年女性出柜的脚本，姚谦原本打算撰写一本小说。那个故事中，两个中年女性结伴旅行，一个处于空巢期，一个则历经几次婚姻。回来后，其中一位女性跟老公提出离婚，理由是她想一直工作，于是两个女人开始了创业。

姚谦看到很多类似故事在台湾发生，“(这里)出柜的意思并不是说她承认(自己)是女同志，只是告诉你，‘我没那么需要男人’(而已)”。

分答上不止一人问他：“如果生命只剩下最后60秒，您想对这个世界说些什么？”

他说：“我想我会闭上眼睛，在原地感受自己的呼吸，感受当下。如果那是最后的60秒，那我一定要感受那60秒存在的感觉。”

他说

陈年：
我的真本事，到底是什么？

文 / 小肥人
采访 / 丁小杆儿
口述 / 陈年

按照王玮30岁之前的计划，其人生目标应当是阅读与写作，以探究人的内心为荣，就像他最喜爱的作家福楼拜，不需要很好的工作或职业，创作即生活，艺术为生命。

但终究，他被卷进互联网大潮，在出版家沈昌文的建议下，在过往使用的笔名中选择了“陈年”，并成为他。

几年前，凡客受制于经营压力时，陈年把个人顶到台前，以反思的姿态为品牌做出公关防御。但这位前媒体人没料到的是，那份被认为价值颇高的内省认识流传甚广，以至于同一篇文章“2年内被改了不下10个标题”被反复发布。

这定然令陈年感到厌倦，甚至在接受采访时提高声调，做了一次“很激烈的”表达来反驳同行记者提问。在他看来，当年，自己之所以用一种决绝的态度表达歉意，正是为了实现快速转身。不是不真诚，只是没必要纠缠。

现实却事与愿违，他不得不出面澄清，凡客真的没有重复地、一再地陷入反思。

当然，对知识分子来说，反思被当作接近真理的有效方式，在个人层面上，陈年依然也乐此不疲。他发现自己去书店，仍然在坚持翻阅王朔、苏童、余华这些人的书，而几乎从不购买2000年之后出版的作品，国内文学的断档，他认为与自己这一拨人关于“急迫感”的选择有关系。

急迫地投身互联网与名利场，至今17年，这被陈年看作“寻找自己”的过程。当他读到穆旦在晚年艰苦条件下留下的20多首绝笔时，受到了更大的刺激，令他迫切地想找回自我价值——你的真本事，到底是什么？

“我也希望能珍惜自己的天分，过去的这些阅读，不得不承认在你一飞冲天的时候，内心会否定一些东西，而且否定的，还挺肮脏的。”

1

凡客今年（2016年）的整体想法就是能够有一个50%的增长就可以了。现在T恤增长超出预期，但是我们也没太大的想法，反正能补就补，补不过来算了，就这样，挺好的。

你自由不自由，主要是跟外部压力有关，过去那么多产品需要重整，那么多库存，那些库存都意味着债务，这个很现实。

我觉得（当初）不是模型错了，也不是数据量不够，最大的问题是，太贪婪了。你定个同比增长300%的目标，就挺好的了，但是数据出来是500%，你要不要去追求？

这次大家都觉得挺高兴。我们先是选了几句话，“雨声潺潺，像住在溪边，宁愿天天下雨，以为你是因为下雨不来”这句话呢，大家都被征服啦，男的女的都觉得好。

所以我们就聚焦在了这三个人（穆旦、马尔克斯、张爱玲）身上。这个事情的力量突然就出来了，本来我还选了一晚上聂鲁达呢，讨论的时候他们说：“哎，聂鲁达我们是知道，但是好像还不够力量。”

大家知道我了解这些东西，所以就问我：“那你最喜欢的到底是谁？”然后我就特别小心翼翼地问刘亿林和同事何璐：“穆旦，你们知道吗？”他们俩“奇迹般”地知道。

我发现他（穆旦）作为翻译家的名气特别大，但作为诗人没有在主流的文学领域里面。所以我小心翼翼地说，那你们既然要我说实话，我就跟你们探讨一下。结果他们俩都知道，那这个事儿就比较好办了。

这时候你立刻会遇到另一个问题，就是和艺术家的沟通，和画的人沟通。周南，我跟他说穆旦的时候，他说不知道。我记得特别清楚，在微信里还有记录呢，他当时说：“你不要让我再失望了，我对中国现代诗挺失望的。”我说：“好吧。那你不失望了，我们俩再来探讨。”

他就自己买了书，隔了两天我们俩见面。他就坐在这里，开始跟我讲穆旦，说什么样的诗句打动了他，他是多么热爱穆旦。然后，他就被烧着了，就完全沉在这个里面了。我们这段时间用了各种各样的方法，把他给拉出来，他给自己设定说，要把穆旦的每首诗都画一下。我们说，这个今年不用画了，你先出来一下。我昨天感觉到他慢慢地出来了。

如果围绕着穆旦来说，我拉上穆旦，再拉上周南，这个结合就能打动人，我没有想你（用户）是谁。

现在想起来特别幸运，我们有了周南画穆旦，有了顾湘画马尔克斯和张爱玲。但实际上，我们开始讨论的时候，情绪是很复杂的。最初有些设计师来跟我们沟通，就说，把张爱玲照片再画一遍就行了，你为什么弄这个雨声潺潺呢？为什么不把“小团圆”的封面印在（T恤上），这样不是更大众吗？

我们经过复杂的讨论之后，当时提了一个标准，不能让真正喜欢这些的人，看见以后笑话，就觉得寒碜。假如你真的穿了一件“小团圆”，我肯定就乐了，然后我就特别看不起这个衣服。

它其实是一个很含混的标准，但又特别苛刻，因为太微妙了。怎么叫不寒碜？这是审美的东西就出来了。

这里面不是说我喜欢（是唯一标准），因为你还有一个资源匹配。比如我特别喜欢“十步杀一人，千里不留行，事了拂衣去，深藏身与名”。我说你们能不能帮我画一下，他们说画不了，没有经历。

2

我比雷军大8个月。他12月，我4月。我们在还算年轻的时候，1998年认识，29岁。我觉得在那个时间节点认识，而且成为知己，其实已经是很幸运且很难很难的事情。然后很巧合的是，认识不到两年就开始共事。这一共事，转眼间就16年过去了。到今年都已经认识18年了。我的《归去来》出版以后，那一阵他就老跟我聊这本书，我当时没太听明白，我觉得他不一定能看得懂，哈哈哈。

我记得他当时说过一句话，后来我老回味。2015年年底，我们一堆人在一块儿喝酒，现场一个人说，上一次雷军喝醉的时候，把他给抓住了，不让走，就让他说话。雷军说："我说啥了？"那人说，你从两点一直讲到六点，都在讲《归去来》。我说："这……这不重要！哈哈哈！"

他说："怎么回事儿？你也不尊重我的读后感？你在成长的时候，我也一样啊！"其实这个读后感是挺重要的。当看到时代的印记时，可能勾连起一个共鸣吧。我说：幸运的地方在哪里呢？有这些情感的基础，然后我们俩又在做的事情上相互交织。所以前两天他们问我，我说雷军对凡客来说，应该是永志不忘的。在过去调整这段时间，在凡客困难的时候，一直挺身而出。那这个情感，就挺难形容的。

在那个关键的时间点，雷军挺身而出，所有的股东达成一致，给凡客这么一个机会，我真的觉得这是一个特别感动的事情。好大的一条船，好大的一座庙，将眼看着……大家都觉得就要身败名裂了。在那个关键的时间点，雷军挺身而出是特别重要的。

我觉得当时不是纠结，因为那个速度极快。你知道吗？包括凡客做了一个很大的动作嘛，简直有点特别决绝地搬家，当时觉得就是搬个家，但是没想到大家上来就把我给弄得劈头盖脸，从雍贵中心搬到名片上那个地方，那真还挺吓人的。

我最近才知道自己是一个比较迟钝的人，真的。我遇见大事儿的时候，不太多想。如果我当时有那么多心理活动的话，就不敢搬家了，因为搬家是件冒险的行为。我们那边10层啊，房租都交到2014年7月，也就是说，我是冒着2000多万不要了，也要搬这个家，就是要变化。我当时的心理活动，不复杂。

我先搬家，然后大家围攻我嘛，围攻完我就去出差。然后这一出差就是一年半。衬衫不好，我就去找衬衫。从2013年的10月，开始找这件衬衫，直到我觉得这件衬衫可以完美地拿出来，是2014年8月28日，我们开了发布会。

我记得当时，柯总（柯林丽），我们的联合创始人，她说："如果要想变化，我们就搬家吧。"然后我说："你这个主意为什么不早跟我说呢？"她说："哎呀，你那么要面子。"

她的理由是，凡客当时洋溢着一种骄傲，洋溢着一种包括那些地段啊（的骄傲），我们明明在亦庄有一个非常大的办公区，能坐几千人，大部分空间都是空的。这是一个决心吧，我们做到了，这个事儿也就过去了。

我记得刚搬过来的时候，连办公室都没有，就在会议室办公。那个地方实在太大了，能坐五六千人，我们后来从那搬走的时候，只剩下200人了，那个地方不能住了，再住下去挺吓人的。

3

我觉得是你们同行总结的，我是说了这句话（没有放弃凡客是因为尊严），但我觉得最重要的，凡客是一个太有价值的品牌。

你做了这么一件事，而且用了已经快9年的时间做，我不知道怎么解释这件事儿。我只能说，这件事儿我就应该一直做下去啊。

我后来慢慢地通过这个过程，真正地理解了一个品牌的价值在什么地方，就是时间。它一点一点地积累，过程中调整自己，找到正确的产品，用户的匹配，当一个服装换季的时候，用户想起来在你这里买东西，这其实就是一个品牌的价值。

做互联网的，我们都喜欢一招制敌，这个是不对的。品牌其实是个缓慢积累的过程，还有那么多用户来买，这也是品牌价值的一部分。另外，我自己这时候才认真地看西方的一些品牌，你看到的很多好像非常牛的奢侈品牌，也在他存活的几十年甚至上百年里，起起伏伏。

4

我现在不太会（受人影响）了，曾经有一段时间会，就是一味追求规模的时候，就像那个算法模型，一堆人给你建各种模型，然后一堆人来给你吹牛×。

我举个例子，2008年刚开始的时候弄一件衬衫，我们一堆人也不懂，特别认真地弄这个衬衫，然后我们不是呼呼往上涨么？2010年就飞了嘛，2011年大家就不知道要飞哪去了。我记得在2009年的时候，（就有人说）唉，你也不懂衬衫，也不懂衣服啊，你何苦还自己弄呢？你应该找专业人士啊，有道理吧？你说有没有道理？在当时谁都认为这是100%的道理，我也这么认为，现在在我看来这真的不对。

专业的人是做顾问的，做一些执行可以，要看哪个环节了。你知道印花那个工艺是多么复杂，我到那个印花厂最后看出样的时候，哦，天哪！我才知道他们为了印花花了多少功夫。需要专业人士，但是品牌和产品的品质如果我是空白（那就不行了）。这个过程恰恰是一个看似正确的道理导致的，就在这个过程里，你觉得理所当然，我也觉得理所当然，但是这个事儿呢，他就错了。

现在我说呢，咱先做两千件，你说能卖一万件，没问题，到时候做得出来就做，做不出来拉倒，也不是说我怕了，那是库存风险。所以我还挺愿意推荐你们读那个《反脆弱》的，就是中信出版社（出版的），他们翻译的《反脆弱》和《黑天鹅》都是胡翻，完全看不懂。所以它们在中国读者里面大家都认为没有价值，其实这两本书看了以后真的特别有价值。在《反脆弱》里面，他讲到上档收益和下档损失，其实就是风险了。凡客呢，其实我刚才举的那个例子就是说，算了一下能卖5万件，唰，做8万件，就是只顾追求利益，不考虑风险。

5

我写了一万多字的穆旦小传，你现在还不能看到，是因为我觉得应该再好好写写。实际上在3月底我全都写完了，就4月7日之前这些准备我都做了，我准备你问我穆旦的时候，我要变成一个穆旦专家，实际上我也是了，但是后来发现，大家也都不问。在网上这些信息很快就拿到了。从这些方面来说，包括凡客的品牌塑造，可能互联网思维是对的。但是你把所有的东西都贴上这个（标签），而且不尊重品牌和传统制造业，那我觉得这个亏肯定会吃大了。

我记得以前的创业节奏是三个月，三个月必须一变，当然凡客在这方面非常优秀，那个节奏我非常明白。可能有的人内心很焦虑，因为你很清楚，三个月弄不出一个汽车的，对吧？三个月弄不出一个手机，对不对？那为啥大家都这么快就弄出来了呢？

我觉得这段话，你可以作为一个分析者去写，给你做点贡献。压力！外部的压力！认真地说是外部压力和内心扭曲的结合。前几天去拿我2011年、2012年的照片啊，我擦，这个人怎么这么讨厌啊？肥头大耳、红光满面，就是看着那眼神都不对，我想我怎么可能是那样一个人呢？他表现出来的那个样子啊，其实内心很焦虑，你知道吗？

6

凡客对我来说，过去的十几年对我来说，好像是转了一个圈，这是一个找自己的过程。这中间有很长一段时间，实际上是晕了。当我们2000年非常激动地投身于互联网，投身于资本，或者投身于追逐名利，多多少少是挺急的。我最近又重新看这些东西，中国文学的部分也好，中国的知识理论的部分也好，好像在2000年以后我没有看到新人，没有看到2000年以后有什么样的，谁的作品值得我翻看翻看。

我前段时间去了趟书店，发现还是王朔、刘震云、苏童、余华的书，好像自他们之后，这个就断了。就是看到这个画面以后，我觉得也许这是我们这一堆人造成的，其中也包括我自己。最奇怪的是我们今天还在讨论马尔克斯、讨论张爱玲、讨论穆旦，这都是我从18岁起阅读的作家。马尔克斯和张爱玲，我16岁的时候，在中学图书馆里就开始看，那时候完全看不懂。所以让我思考最多的就是：你的真本事到底是什么？我的价值点到底是什么？

当我看穆旦晚年在那么艰难的条件下，留下那20多首绝笔的时候，这个给我的刺激更大。就是说每个时代都有网红，每个时代都有泡沫，我们身处其中的时候都觉得那是正确的，但是当我前段时间和穆旦的家人、他的孩子们取得联系的时候，我从他们的来信、邮件中间，都能够感觉到他们几乎毕生的事业都是为了推广爸爸的诗，他们骄傲和自豪。我看各种各样穆旦的资料，在穆旦生前远离他的人，后来在几十年里面都以认识穆旦为荣，这也给我一些触动。我们到底应该做些什么事情？我自己到底应该做些什么事情？什么事情是真正有价值的？

2000年之前，我给自己定的人生目标的确是写作和阅读，就做那样的一个人，然后以探究人的内心为荣，为自己的使命。每天那么大量的阅读，反而我现在想想。包括柯林丽那时候就认识我，她有一天也是语重心长地跟我说，其实这十几年你的生活水平也没下降……

我是想我应该珍惜，珍惜自己寻找的这么一个过程，包括我也希望能珍惜自己的天分，而不是仅仅珍惜一个短暂的机会。包括过去的这些阅读也好，这些东西也好。我不得不承认在你一飞冲天的时候，你多多少少内心会否定一些东西，而且否定的还挺肮脏的。我思考的时候并不是很多，因为实际上你在顺的时候，老接受记者采访，你每天还思如泉涌。

7

大家说“网红经济”你一定要关心，我就去跟一些网红在网上聊天，完全是一个小用户的视角聊天，我给你描述一个最典型的经历。一个网红说：“你关心我一下，我有一个店。”然后我就去关心一下，她就每天准时跟你聊天，一直跟你聊天，即使你不说话也跟你聊。

然后有一天我就说：“好吧，你到底要什么？”

她说：“你帮我开个店呗。”

我说：“开店的条件是什么？”

她“啪”地甩过来一个链接：“你给它交两千块钱呗。”

我说：“我没时间打理这个店。”

她说：“我帮你打理。”

这就是典型的过程。然后我的专业就出来了，我开始问她：“你卖的这些东西从哪儿来的呢？你做的吗？”她说：“不是，我们上面有上线，平时甩给我链接就完了，我都不知道我卖的是啥。”我说：“你这些东西的进货价是多少？”“统一20元。”我了解这个行业啊，统一20元，意味着都是库存，就是库存处理。（网红就是去库存最大招？）对啊，我是非常认真地走了这么一遭，你就想想，俩姐妹长得挺好看，一夜之间她们就懂化妆品行业了？就搞回来了？那么多款，春节上新，俩人就把这些事搞定了？打死我也不信。

库存一点点清完，反正不是通过网红清的。过程就是三年的时间，全部是线上的渠道，好的继续卖，不好的就扔了。我们曾经有38个仓库都堆满了，现在就两个仓库，一个在北京，一个在平湖。

我们没有限定某一天清完库存，只是大家发现，哎，好像没什么了。有很多大事，包括关掉V+，V+其实对现金流的帮助还是很好的，但还是把它关了，因为会干扰凡客品牌。后来到了那个时候就看看报表说，我们好像没啥问题了，那我们就说，就好好做吧。没有庆祝，这有什么好庆祝的？

8

我今天必须这么说，凡客没有做过多次反思，当时李原（《博客天下》记者）写了一篇文章，像自述一样，我看两年过去，已经换过不下十次标题了，然后各种人发现我“又反思了”，所以这肯定是一个误传。当时我们以那样的勇气，把错误一肩扛起来，避免了凡客品牌受更多伤害。我们没有时间跟大家进行细节的讨论，我们要赶快去纠正很多错误，要防止再发生很多事情，所以我们采取了一个决绝的态度，就是做了这么一个担当也好，一个表决、声明，只是为了避免大家陷入（纠缠）。

我不喜欢跟人吵架，如果那时候我就说，我这辈子没做错过，跟你们一二三四五,五个人，陷入“杯子做好了”还是“手机做好了”这个问题的争吵上，我就死定了。所以我们采取了一个决绝的态度，说这事我们扛了。我做了这么多年公司，我清楚，什么时候你要保护品牌，你要用什么样的方式，如果我们这个采访陷入细节的讨论的话，我还是个好斗的人，坐在这跟你们谈一个月我还觉得不过瘾呢。

对不起我错了，好了，然后扭头去干自己该干的事情。因为我不是一个靠“撕逼”那么恶心的话来上位的人，我不喜欢咱俩天天口水，制造话题，我不喜欢，所以我就不跟你争论，我说我错了，我去出差了。

你看，你一问这个问题呢，我就要很激烈地跟你来说这个事，所以我就不愿意说这个事。

9

“陈年”这个名字是1995年起的，我是1992年毕业，中间退学了。那时候写东西，给一个报纸写东西，报纸越来越喜欢，经常一天出好几篇文章，所以起了好几个笔名。后来我又办了一份报纸，刚开始的时候自己需要写很多东西，起了七八个笔名。当时《读书》杂志的沈昌文先生很认真地跟我说，你不要搞那么多笔名，估计以后你自己都忘了，还是少写点，用一个笔名好了。我就选了这个，最像一个名字的笔名。

凡客体可能跟大家的情绪比较吻合，我们最近上了一个频道，是小视频，开始是我们自己拍，后来周围很多人自己开始做，让一个人用自己的母语——方言，比如山东话，去读这句话（只有上帝知道我有多爱你），很多同事都参与了，母语说十遍，你可以回去以后对着手机自拍一下，你会感觉你的情绪都变了，我反正看到大部分人都哭了。

你这句话说给谁，其实只有你自己知道，说给你的家人，还是过去的男女朋友、孩子，还是谁。当你说起这句话的时候，你的情绪是不一样的，实际上，我们被这个感动了。

为什么凡客老强调做什么都坚持，做品牌的话，我们的态度就是“不商量，不讨好，我喜欢”。

旁观者

杨海崧的“富人”朋友

文 / 小肥人
自述 / 杨海崧

天使投资人童玮亮近期接受了《博望志》专访，在几年前联合发起成立梧桐树资本后，他们的成长期企业投资基金也已经做到了第三期，资管规模超过50亿元人民币。

对老童来说，自己并未精心设计过的人生轨迹，在年过不惑时，最终没有差错地落到了中产阶级上。

PK14乐队主唱杨海崧作为最为亲密的朋友之一，见证了他的成长与转变。20多年同行路上，这位领袖级的

独立摇滚音乐人看到的是童玮亮的侧面。

1

20岁我们（南京那拨人）走到一起，就是因为有相同的价值观。在这十几个人里，有些人的价值观已经变掉了，慢慢会失去联系；有些人还会经常见，虽然一年也就见一次，但经常打电话，还能当朋友，他基础（价值观）还在。但基础不在了的话，我们可能就不会再联系了。

童玮亮（在那些人里）其实不算特殊，其实我才是特殊的，大部分人都去工作了。丛峰，现在是独立导演，在拍纪录片，像我一样，没有正式融入一个常规的价值体系里边。

像海洋，七八点（乐队）的，现在在苹果公司，也有在全国人大的，还有负责港澳台事务的。全是这种，照着精英路线走，童玮亮也是的。

卢中强是年纪比较大的，他当年是专业音乐圈的，我们是地下音乐、朋克，他们是南京主流级别的音乐人，我们看不上他们，但我估计他们也看不上我们。（笑）

他们特殊，是跟同时代的人相比显得比较特殊，同时代的（很多）人20岁多数没有去听摇滚乐，他们很正常地按照精英路线去成长，成为社会中坚力量。

我身边这些朋友，20岁的时候是特别叛逆的，到了30岁以后才开始真正放下叛逆的自我，融入社会体系。

2

他（童玮亮）谈不上勉强，但总要放下一些东西，在我看来，放下的还蛮多的。

从我的角度来看，是这样的，我们之前交流写作的东西很多，他写东西，我写东西，会交流，直到他几乎放弃。当然他没明确地说“我不写作了”，但我知道他有选择。每当我们见面的时候，谈论的东西会慢慢转移到商业，他自己的工作上。

我想象中他可能某一天下定决心，说老子进入这个体系，去挣钱，成为什么人。不一定是社会精英或者中产阶级的目标，只是成为一个普通人。

我没问过（这个问题），我认为这个问题比较敏感，放下一些东西，放弃自己反对的东西，进入他们，比较敏感、尖锐。

他放下的，不能说是颠覆，但是他在校正自己的价值观。我们所反对的那些东西，其实是后来他接受的东西，他在校正（价值观）。

我不会接受，我会比以前更宽容一点，但我不会进去（商业体系）。我对他的选择不意外，人30岁以后肯定不一样的，我不佩服他，也不羡慕，可也不鄙视。

可能会稍微有点失望。平时聊的话题，我感兴趣的会越来越少，只是这一点失望而已。

3

所有在年轻的时候反对的东西，或多或少都会有盲目在里边，以名词或者口号去反对。只不过你在成长中可需要弄清楚，你反对的究竟是什么，而不只是一个口号，不只是一个中产的标签。

我的价值观还是偏无政府、无阶层、大家平等的。因为精英阶层，恰恰是分化了社会，会造成人与人的不平等。关于中产阶级的生活，黑格尔和马克思会说，是人类异化的一个手段，你的工作不是为了愉悦而工作，不是为了兴趣而工作，甚至不是为了生存需求而工作，只是为了等到某些社会高层所许诺的一些名声、物质，借此来累积社会财富，这是人类被名利所异化的过程。

我不想成为那种人，现在写作和音乐也是劳动，是我自己爱好的，不为任何人做劳动，不为歌迷写歌、演出，我只为自己。

我不知道是不是做到了不被异化，至少现在自己觉得还挺好的。我没办法评价童玮亮们，对社会结构的看法，成为他们的一部分。

年轻的时候听《迷墙》一样，不过是墙上的另一块砖。结果你活到四五十岁，就是想成为一块砖，不知不觉就成为了，所以我也没办法评价，（他们的）人生价值和意义是不是体现在这里了。

现在还是比较宽容的，以我20岁的脾气，就不会再跟他交往了，我以前没那么随和，挺强硬的。现在我接受他们，不仅仅是因为他们是朋友，而是因为我能接受很多人。很多跟童玮亮一个阶层的人，风投的人，我也接触过，但我不会把话题引到你为什么改变价值观，我觉得聊这个没有意义，大家都不高兴。

我尽量不碰这个话题，不会聊他为什么改变了，我不会聊。这个话题，太敏感，可能聊完了朋友都做不了。

朋友不错，人很好，有共同的回忆，成长的经历。至少还保持某些东西的热爱，还能聊聊，也挺好的。

他们知道我的想法，我知道他们容忍我这种不宽容也已经很多年了。我年轻的时候特别不宽容，他们也挺不容易的。

观点特别尖锐的时候，聚餐聊天的时候，真的会因为某些话题挑起我的情绪，会跟他们吵起来，但会非常不高兴，何必聊这些尖锐的话题呢？

没有什么更好的下场，我看到这批人，以前会觉得更好更坏，现在不会这么看了，这是个性和结果造成的，人各有命。你自己走出来的，你选择的。现在还谈不上是结局还是下场，我也不认为我的状态是最好的，没什么好还是不好。

我跟20岁比起来，能接受更多的可能性，他在某些时刻变成那样一个人，也没关系，我能接受。

4

当年，他（童玮亮）十分投入地做所有事情。说到底，在南京大家都没钱，他是最有钱的，有工作。吃饭都是他付钱，他人又是仗义疏财，我们几个朋友很坦诚，喜欢音乐、生活里的想法，类似垮掉派，自白派，思维是一样的。吃他的，也谈不上不好意思，（这事）不重要，大家也就是吃吃面，吃个麦当劳很奢侈了。

他一直是个核心，在做音乐的、听音乐的人里，他很有号召力，这完全不是来自经济因素。我们都喊他“大胖”，天生是有号召力的，这个东西挺难描述的。

我一直不是核心，从来没有想当核心，只是想做自己的事情，可能别人会觉得（我）挺牛×。但说实话，他们对我做乐队那个事，朋友圈里大家从来不会觉得牛×，听到的全是不太好的评价。

（当年）看演出，跑过来看，大家可能根本不是想看我的演出，只是想看“七八点”，或者为了（演出）这个事情而兴奋，而不是为我的演出而兴奋，这事我有点沮丧。

我的感觉，当时朋友在一起，互相去家里看诗歌，会有鼓励；但对音乐，童玮亮对我是鼓励，可能并不是基于觉得我音乐太好了、太牛×了，只是身边有个朋友做这个，不管好不好，我都要鼓励他。

好多朋友告诉我的方式是非常直接的，说你这样不太行，你应该这样练一练，那都什么呀，弄得我烦死了。（笑）你知道我身边的朋友是这样的，说话非常直接，不会隐藏什么想法，不喜欢就算了，那怎么办？我也不会说“傻×”，不理你了。

现在想想，可能唯一的解释，就是（当年做的音乐）真的不太好，必须得做，但又不能沮丧，只能拼命地做下去。找借口告诉自己很好，做下去。可能确实不好，但那个时候你老是说我不好，记了20年，打击挺大的。（笑）

为什么记得，因为对我来说确实是一个比较沮丧的事情。你创作的一些东西，你最想得到他们承认，一群最亲近的朋友，他们不承认你，老在说你，这个还挺沮丧的，说实话。

童玮亮不是说在音乐上多强，他是爱张罗，大哥嘛，教主，不需要会这些事情。其实那时候缺少的就是这样的人，这个圈子里头，如果没有童玮亮，可能圈子也不会那么亲密。人很少，他爱张罗，后来我看好多城市的独立音乐圈里，其实就差了这么个人，有号召力，有能力，有意愿去做，大家很信服他，很认他，这是非常重要的。

所以他帮我们做了第一张唱片……也没帮上多少，钱也是我自己出的，录音费都是我们自己出的。这个事说起来还是好玩，当时想找摩登天空发，他们说行，但是得重新录。摩登觉得录音不太好，那是2001年，PK14是1999年来的北京，沈黎晖说你要不要重新录一下，我说操，不太想重新录，我们自己发。

童玮亮就说，他在加拿大有个朋友，应该是暗地病孩子的一个网友，然后让他注册个公司，号称在国外发行吧，这个靠谱，就说好好好，就注册了一个Empty Egg，所以最终是在加拿大注册的，那边的唱片厂牌。实际上，真的就是个朋友帮忙，注册了一下，什么都没有，然后大家说，既然我们有厂牌了，就在这个厂牌发行，就号称加拿大厂牌发行了。

国内是颜峻做的发行，那时候他在跟口袋唱片合作。我们如果只是做唱片，其实没有任何渠道去卖，那时候演出也不算特别多，就找颜峻问你有没有兴趣卖这张唱片，他说好啊，SubJam（撒把芥末）正好在跟口袋唱片合作，就让口袋唱片做这个事情。我们也很喜欢（撒把芥末）那个牌子，它很开放，谁都可以用。这个社区，用这个牌子就可以，对颜峻来说也不做啥事情，你也不用给他任何东西，都可以。

我觉得还挺好，所以大家是一个发行的网络，通过口袋唱片去发行的。所以最后上边有两个牌子。

做完那张唱片，童玮亮就更深入地投入到自己的工作里去了，那时候我在北京，他去上海待了一阵子，见面也少了。理论上2001年以后，这个圈子也有点散了，有的去工作，有的回老家。

5

（童玮亮）不抽烟不喝酒不生小孩，肯定是这样。这个挺好的，这才是我跟他当朋友的基础，（笑）身边的朋友里边，包括我自己也没孩子。我们对人类的看法还是比较一致的，到现在，对人类这个物种，总的来看还是比较悲观的，对人类和世界的未来比较悲观。

他的生活习惯一直保持，从没变过，也不会因为他的工作去变化。不买车不买房当然是他个人的选择了，我觉得也挺好，我也没买车买房。我自己觉得，20岁的时候，这些朋友身上，或多或少都显露出类似清教徒的色彩，反物质反享乐；包括我现在做音乐，我也特别不喜欢享乐主义的音乐、享乐主义的事情，或多或少有点工作狂，有点反物质的倾向。

20岁的时候，就已经显示出来了，现在好多人还抱持着这个特点，这就是我们的价值观，可能很难变掉。

他性格很温和，虽然长得个大，别人看了还挺凶的，尤其是当年留长头发的时候，我们都留过（长发），喜欢摇滚乐，肯定需要。但他的性格是我见过最温和的几个人之一，他也会生气，也会愤怒，我们那时候接触的，好多私人空间在里边，所以他的情绪都是私人的，也生气，家里跟老婆Bobby吵架也见过。

他其实也挺好的，挺自然，不太生气，但如果你接触到他内心的道德观底线的时候，他会非常强硬。不跟人喝酒，这是底线，触碰到，他不会理你；规律的生活，其实这就是底线，碰到这个东西的时候，他会特别强硬。

我的意思是，我不知道他工作的时候状态是什么样的，如果你们没看到他拒绝的时候，那就说明还没碰到他的底线。

在清教里边，生活规律是一个特别的条件，烟酒不沾，生活规律，这是一个非常重要的向上帝奉献的实践手段，非常有宗教感。

我完全不是这样，因为这不是我的底线。你知道有两种宗教感至上的人，一种是像僧侣和修女一样，以行为和活动体现对佛和上帝的爱；有一些人，不以行为和活动体现，以内心体现。佛教里面也是这样的，一种是坐禅，一种是酒肉和尚。对我来说，外在的行动感没那么重要，行为准则没那么重要。但对他来说，很重要，多少会拿这个东西当一个仪式感。

我觉得我的理解差不多是对的，虽然没跟他聊过，我看人还是比较准的，你也可以问问他是不是这么看，虽然我猜他不一定会回答这个问题。对他来说，只是生活方式，只是不想晚睡而已。你问我嘛，从朋友的角度看，是这样的。

但是或多或少，我们20岁的时候，这群人之所以聚在一起，是有一些宗教感的，不是信上帝，也不是信佛教或任何宗教。我们还是有点泛神论的，相信有一个高于我们的神灵，在之上，有奉献感和宗教精神的。

6

杜马，是李冯，《英雄》的编剧，只用过这一次笔名，写了这个小说（《投向分裂的怀抱》），在青春期的时候你要解决的一个矛盾，一个冲突。这种冲突其实是你的内心理想化的东西和外在现实产生的矛盾和冲突，怎么去解决？“我们由于聪明而变得狡猾，由于狡猾而缺乏勇气，由于缺乏勇气而猥琐”，这段话是一个很好的借口，它把人性的理想的东西和世俗的你所想要抵抗的东西这个尖锐的矛盾软化了，让你内心的冲突不那么尖锐，慢慢能够在世界上生存下来。

它实际上是软化了一个冲突的，但对我来说，在20岁的时候，我是不想软化这个冲突的，所以我觉得这句话有点滑头、狡猾，给了你一个理由让你去接受现实。我20岁的时候接受不了，几乎到了30岁以后，才能真正开始和这个世界和平相处并接受它，我接受并不是因为自己软化了，而是因为我自己更强了。这就是我的成长经历，对童玮亮来说，对很多人来说，都是不一样的，他们需要去搞定自己内心的矛盾，去接受外在的世界。

很多人在那时候非常绝望的，尤其是当你看到外在世界的变化，尤其是90年代高速发展的过程中。所以这句话一直被暗地病孩子放在主页上，我觉得就是一个抚平内心矛盾的工具。只是我当时不太需要这个东西，我不喜欢抚平，我希望矛盾来了就来了，尖锐的没问题，我看我怎么扛过去，虽然很痛苦，但也能扛过去。其实我更喜欢那句话，就是“投向分裂的怀抱”，可能跟我的性格有关系，要做就做得极端一些。

童玮亮他们就是中和的，能够缓和自己的矛盾，让自己更好地在世界上活下去，而我那时候更想知道的是，这个世界是什么。

这段话如果不放在暗地病孩子主页上，知道这句话的可能不超过10个人，知道这个小说的也不超过10个人当时，这个小说是在《今天》上发的，现在它是禁书，大陆几乎看不到。

那是童玮亮翻出来的，他那会很爱买这种禁书，大家都爱买禁书，他最爱买，因为有钱嘛，我们经常在旧书店里。杜马这个小说看了以后都很喜欢，确实很喜欢，也不知道这人是谁。直到过了将近快10年，我跟朱文聊起来这个事，他说杜马就是李冯，年轻的时候写了这个小说，只用了一次这个名字。

（去见李冯？）没有了，没有了，影响那么大的人，也没必要认识，要认识也不是那个时候，时间不对了，所以就算了。

7

其实我看着童玮亮的时候根本感觉不到他的财富。现在大家基本上每年过年前吃个饭，聚一下，他也不会跟我们说今年挣了多少钱。唯一感觉就是，我×，他房子租的很贵，三元桥，7000元一个月，我们还为他担心呢。他说住那是因为交通方便，我也能理解，但有时候也说，我×，7000元太贵了。

我们不太聊工作的事，他也不跟我们显示自己事业上有多成功，对我们来说，这东西也没那么重要，所以可能也不会跟我们说，不是个可以炫耀的东西。他要是“啪”地拿出一本书，说刚写了本书，那可能我说“哎！挺牛×”。

其实他也没啥变化，每年见，就有一段时间看着比较累，一看就是工作，也谈不上顺不顺，会很烦琐，但也能理解，说实话，没感觉他有什么变化。

（找他融资？）我们之前有时开玩笑，但不会认认真真地说给童玮亮，我们今天想融资，要多少钱，你有没有兴趣参加？从来没想过。

包括有朋友拍独立电影，也需要钱的，但也没有人想过找他张口。因为这个东西是这样，对我们来说，其实还是特别私人的关系，不是工作关系，完全排除所有利益之外的关系，所以这就是为什么大家能在一起，如果你有利益关系，好复杂的。

我不会开口的，除非他开口说“哎我想投兵马司唱片”，那找我们Michael聊，不要跟我聊，所以这个东西，我觉得自己还是这么看的。

我觉得他现在一点都不分裂，当年他很分裂，他的矛盾实际上是比我更强，就是两边他都想要，艺术方面和商业工作都想要。我没有那么强烈，是因为我只想要艺术，我不想工作、从商，我要做的只是抵抗那种生活，但他是权衡过了，放弃了。艺术这一面隐藏起来或者变成弱项，所以他肯定很分裂的，尤其他这种性格的人，都要做平衡的，怎么平衡生活、爱好和职业，很分裂。

但现在他不分裂，我看他开始正儿八经不写东西开始上班了，我就知道，噢，矛盾差不多解决了，没有崩溃掉，但他肯定经历过这个过程，这是所谓的分裂。

他还是内向，很多东西不会显露，有些冲突只能凭朋友去感觉到，偶尔会聊，但不会太深。我们做事情，不会期望朋友帮你解决这个事情，那就需要内心长时间的思考，然后去斗争去解决。

表现的话，他会焦虑，有一段时间会焦虑到神情能感觉到，瞬间即逝。能感觉出来，有时候说法会矛盾，就看他怎么解决这个矛盾，得说服自己。

8

童玮亮谈不上是《现在让我们赞美富人》中的那种富人，因为在我的生活里边，他没有显露出他富人的样子，不会说“哎，我们今年聚会改在香格里拉，或者××大饭店”，现在（聚会）就是凤凰城里边，绿茶，南京大牌档。

每次抱怨是因为我们远，凤凰城离他近，约着说聚聚啊，好啊，哪儿见？凤凰城吧。好吧，又是离你家那么近，吃完饭喝个Costa或者太平洋，聊一聊就各自散了，还得回通州。

就是这个事情，也从来没有说去长城脚下，或者别墅里，吃一顿，从来没有过。所以在我的定义里，他跟富人好像没什么关系。

手记

287 姚谦问我：《博望志》如何营利？

姚谦问我：《博望志》如何营利？

| 文 / 邱清月

1

第一眼看到姚谦，他靠着椅背在看微信消息，真人与网络照片不太像。之前收集资料时让我印象深刻，他的每张照片几乎都是带着微笑的，有的在节目上，有的在摄影棚。大概那些是早些时候的他。

我没敢上前，是左蘅老师先打的招呼。本来是有公关接洽的，可是双方却到得比较早。估计他也没有料到，一时愣在原地。

在我看来，他一直是一位优秀词人，王菲的那首《我愿意》

一度在我家单曲循环。查阅资料时，又惊觉初中时代经常听的萧亚轩也是他一手打造。坦白说，我不是很了解他，但对他写的歌和打造的歌手却耳熟能详。

他由愣神转而微笑，我们开始中国式套近乎，比如“没想到您这么早就来了”“您点了喝的吗？”“我们真的很开心能见到您”。作为新人记者，面对这个看起来不耍大牌的名人，我内心有点激动。转念一想，世故老练是年纪的表现，他见过那么多人，相比之下也很正常。

左老师去洗手间了。姚谦一直回复微信，眼镜轻松地垮在鼻梁上，时不时看着我笑一下。没人说话有点尴尬，于是我询问他对《博望志》是否了解。他说看了之前写宋柯的稿子，夸我们写得很好。随后，他问：“你们怎么营利呢？”我说我们暂时不太考虑营利的问题。他很好奇，眉毛上挑，嘴巴张成一个大“O”。

2

当时整个咖啡厅几乎坐满，我们不得已把目光投向环境相对安静的室外。我们客气地问：“外面行吗？”他说：“行行行，没问题，我不挑。”坐定之后没聊几句，他的眼神穿过玻璃门，注视着屋里角落的那桌客人，说：“你看他们要走了。”不多时，那桌客人真的带着孩子们离开了。于是，我们马上收拾东西挪到屋内。

咖啡馆二楼是个相对独立的存在。不同于楼下的编织靠椅，这里有一座长条形皮质沙发，姚谦坐在沙发一角。我们担心刚点的咖啡送不到新换的位置，他说自己经常来这里，店员认得。上周也是同样的位置，姚谦和《南方周末》的记者呈直角对坐，这次换成了我们。

采访开始了。我倒觉得他打扮得莫名好看，乍看上身是普通的蓝色细条纹衬衫，细看几个大小圆的贴布堆叠在下摆，错开了呆板的竖纹。他的单肩包随意躺在沙发上，上面的挂饰像是艺术处理后的电影胶片。他的鞋面是镂空设计，很复古。

他把玩着手上粉色的手机。我上网查了一下品牌，真是他们公司出的新款，蓝宝石版126G，将近6000元。我猜，是不是公司专门配备的？或者，他是不是还有另外一个手机？

他说话的时候一直在动，手在动，腿在动，嘴在动，头发在动，舌头在动，眼珠更在不停地动，看起来很兴奋。我偷偷地在工作群里将这个场景描述成“手舞足蹈”。虽然很俗，可我想不出更好的词了。

他讲到遗书学，把我从观察中拉了回来。他说早立遗嘱是一种不给亲人、朋友添麻烦的最好方法。遗书在余生会不断更改，生成新的人生总结。按照人的平均寿命来看，姚谦还算年轻，为什么那么早就要准备这个传统上看起来不吉利的东西呢？写给自己看吗？不知道是不是因为年轻，我对死亡没有多大概念。试想如果一场意外夺走了我的生命，什么都来不及做，什么都没有说，我最遗憾的该是什么？那些离开世间的人在最后一刻又在想些什么呢？

3

后面就记不得谈话的时间顺序了。姚谦在思考问题的时候，会用手绕头发，一缕缕头发合并成一小撮，杵在脑袋右边，跟着说话节奏忽上忽下。说着说着，眼镜滑到鼻梁中间，他也不扶，透过眼镜框上方看人，低着头，收着下巴说话，像个老学究。

姚谦说自己不喜欢即时分享朋友圈，在台湾时甚至几乎不更新。我想，给大伙儿看的朋友圈就是精心打造的舞台，使用得当也会为工作加分。细想一下，公众人物可能更加谨慎，任何一条过分的朋友圈，都有可能成为明日头条。做名人似乎还是挺累的。

正聊得不错，一个女人走过来。最先吸引我的是她打电话的声音，尖细且刻薄。我看到姚谦看着我笑。从他坐的位置恰好能看到二楼大部分情况。他吐了吐舌，好像在替那个女人掩饰尴尬。

女人边走边打电话，进了旁边的洗手间，关上门后都没盖住她的通话声。这时候我猜，姚谦的注意力其实在她身上，他可能已经在脑海里勾勒了关于那个女人的故事情节。

高分贝人声持续传来。姚谦又一次夸张地睁大眼睛，然后长时间吐舌——中断了谈话。他努努嘴表示人要出来了，示意我们转身去看。果然，女人又一次铿锵走过，黑色长裙下摆飘出金色花纹，她踩着高跟鞋渐行渐远。姚谦复述了几句那女人的对话内容，同样是旁观者，我却已经记不清了。

姚谦的模仿能力很强。他模仿刘若英和他打电话，手比成“六”贴在耳边，把刘若英的声音学得惟妙惟肖，表情也是无缝切换；他还模仿小侄女说话，软萌、可爱；又模仿台湾男生软软地讲话，我们在旁边笑得前仰后合。

4

采访进行了差不多4个小时，姚谦似乎累了。最后我们问他会不会感觉累，他一下子转成了倾诉的语气。他说过了40岁之后明显感受到年龄问题，现在身上也有多处酸痛。好在他练瑜伽，也开始注重养生。从现场看起来，他精力十分充沛，可能就像他说的，需要把自己武装起来吧。

采访结束后，我们开始拍摄照片。姚谦去厕所抓了点水，抹在之前被揉乱的头发上。我让他再抓起来一点，显得蓬松些。他不像我之前拍摄的创业者们那般肢体僵硬，不用多说，自己就摆出合适的姿势，自然有型，好像能预见镜头里的自己。

结束的时候，我厚着脸皮要了一张合影，发了朋友圈。其实我对他的看法不重要，只是我朋友圈里的人会觉得，哇塞，阿邱采访了姚谦呢！所以呢，本质上，我朋友圈存在的意义，也许和他的差不多。

拍完后，我们又聊了一会儿。姚谦和左蘅老师为一个《南方周末》记者的确切名字在查询通讯录，两人都很较真，迟迟不肯放弃。姚谦说叫什么，左老师说叫什么，纠结在“一字之差”上。我在旁边都听出来了，说的就是同一个人。他俩不理我，姚谦继续翻通讯录，左老师继续描述那位记者，他们好像一定要把人家的名字搞清楚不可。可是已经7点了，我饿啊！最后查到了，左老师胜了。

姚谦先跟我们告别，咖啡馆里的客人也已经寥寥无几。左老师掂量了一下咖啡，说：“没怎么喝啊他，还有那么多。”

团队介绍

小肥人：资深废柴，口碑不错，你跟他慢慢处，处不好你自己找原因。

左蘅：反求诸己，跌宕自喜。面朝人海，死性不改。

邱清月（前《博望志》记者）：“野旷天低树，江清月近人。”初生牛犊，请多指教。

刘琼宇：《博望志》二姐，想去南极打豆豆的女青年。

丁小杆儿（特约记者）：80后，骑过川藏、去过南极，向往远方的诗歌，也享受眼前的苟且。

张楠：俩闺女的爹，一直纠结于现实与理想主义的三分钟热度男人。

崔神：一身邪气的正派好人，一脸幽默的抑郁症患者。

花花：以上均为我的铲屎官，喵！！

特别鸣谢

孵化器与联合办公空间：创客100孵化器、MadNet孵化器、FireFly众创空间、氪空间、优客工场、洪泰空间、无界空间、梦想加空间、腾讯众创空间、星空时间。

感谢李翔和姚谦为本书作序。

感谢泽厚资本。

感谢接受采访的各位记者。

感谢所有在采访和写作过程中给予《博望志》帮助的人。

感谢微金科技、有书共读对《博望志》的支持。

感谢所有支持《博望志》的读者们！